火狩りの王

〈外伝〉野ノ日々

日向理恵子

角川文庫
23577

目次

旧世界――〈一〉

その年は、花が狂うように咲いた。道のはたでも、田の畔《あぜ》でも、川岸や沼地の水辺でも。世界がとりかえしのつかない形にゆがみつつあるのを感じとって、花たちがいっせいに発狂したかのように、それは思われた。

牛たちが雨の中をひとかたまりになって歩き、蓮《はす》の花が咲き乱れる沼へ入ってゆく。〈子ども〉ととりわけ仲のいい、つのの中心にひとにぎりの白い毛が生えている牛は、白く光る花の中にまぎれてほとんど見えなくなってしまう。

水の中をゆっくり進む牛たちを横目に見やりながら、〈子ども〉は姉と二人、雑貨店へむかっていた。おなかの大きな母親にかわって、祖父の煙草を買ってくるのだった。二人の気に入りの、色づけをされた飴《あめ》を買ってもよいと小遣いをもらった。家畜の世話や家の仕事から、二人して一時間近く自由になれる。よろこんで雨の中を出かけた。

村はずれの雑貨店の軒先からは、木々の生い茂る山の斜面を隔てて、下の町が見える。

森林と棚田にかこまれた小さな町だが、道が舗装され店舗が立ちならび、山の中腹にある村よりもずっとにぎやかだった。

町にある学校は、年が明けるとすぐ閉鎖された。町に家のある友達とは、もうずっと会っていない。何人かの子どもたちは、ある日すがたを消したまま行方知れずになっているとうわさされている。遠くで起きている戦争が、ここにも忍びよりつつあるのだと大人たちが言うが、どこまでがほんとうのことなのかたしかめられない。すくなくともここに兵士のすがたなど現れたことはないし、どこかが襲撃をうけたという話も聞かない。

それでも、雑貨店の店先からも、気がつけばずいぶん品物がすくなくなっている。荷がとどかなくなったのだと、眼鏡の店主がぼやいた。

「じいさんの煙草も、いずれ入ってこなくなっちまうかもしれんな」

〈子ども〉も姉も、大人たちの顔や肩に重く暗い空気がとりついてはなれないのを感じとっていた。だからといってそれをどうすればいいのか、〈子ども〉にはまるで見当もつかない。自分たちや牛たちが、その不吉な空気を吸いすぎないよう気をつけるだけだ。袋に入った色つきの飴を姉と一つずつ口に入れて、いやな気分を体から追い出そうとした。

「……あの音、聞こえる?」

姉が雨の中へそろりと踏み出した。なんだろう。〈子ども〉は飴の袋をにぎりしめてそのとなりへならび、雨を降らせつづける銀色の空を見やった。

つぎの瞬間、〈子ども〉が手をすべらせたために、袋が落ちてさまざまに色づけされた飴が濡《ぬ》れた土の上へ散乱した。

なだらかな山の線にかぶさる空のむこうから、なにかが飛んでくる。姉がまっ先に聞きつけ、いま〈子ども〉の鼓膜をもはっきりとかき乱している音をまき散らしているのは、飛んでくるその機体だった。

黒い三つの機体は現実とは思えない速度で空をつっ切り、ひざがかしぐほどの轟音《ごうおん》を地上へぶちまけて飛び去っていった。怖い目に遭った獣が、急いで巣へ帰るところみたいだ……飴を落としたおかげであいた手で両耳を押さえながら、〈子ども〉はそう思った。

轟音の消えたあと、空気の中にいやなにおいが残っていた。鼻腔《びくう》でまぶしくはぜるような、そのくせねとねとと体中にまとわりつく、嗅《か》いだためしのないにおいだ。さっきの機体たちが、なにかをこぼしていったのかもしれない。口の中に残った飴を舌の上で転がしたが、においはまったく薄れなかった。

「……帰ろう」

姉が言う。二人で手をつなぎ、走って家へもどった。二人は帰り道でそろって転び、姉が持っていた祖父の煙草が箱ごとつぶれた。

その晩。山の下の町が消えた。正確には、火事が起き、人が残らず死んだのだ。人の形をした火が、町中をうろつきまわった。うめいてたすけを求めるそれらは、怪物でも襲撃者でもなく、町の住人たちだった。燃えている人間を救おうとそばに近づいた者は、火にふれる前に自らの体内から燃えあがって死んだ。

なにが起こったのか、知る者はいなかった。人間が紙のようにつぎからつぎへ燃えてゆき、そして――

〈子ども〉の姉も祖父も母も、同じことになった。夕飯を用意するために火をつける。熱と光。火のそばにいる人間が、体の内側から炎上する。

〈子ども〉は一人、燃えずにすんだ。牛たちのようすが心配で外へ出ていたとき、家から火の手があがるのを見たのだ。内側に大きな火をかかえこむ家へ駆けもどろうとしたそのとき、茂みから伸びてきた手につかまれ、〈子ども〉はそのまま森の中へ引きずりこまれた。

混乱のあまり、抵抗することもできなかった。

燃えあがる村から充分な距離をとり、それでも木立のあいだから悲鳴と火明かりがうかがえる位置で足を止め、手首をつかんだまま〈子ども〉の顔をのぞきこんだのは、大きな目をした少年だった。

あっと声をあげたつもりだったが、のどがぴたりとふさいで息すらまともにできていなかった。目の前にいるのは、学校で見知った少年だった。姉と同じ教室で学んでいたが、学校が閉鎖されてから会うことはなくなっていた。行方知れずになったのだといううわさも耳にしていた。なぜ、こんなところにいるのだろう。なぜ自分を、火になってしまった家族から引きはなしたりしたのだろう。

〈子ども〉が、勝手に涙のあふれる目を見開いたままでいると、二人、三人と、森の中に人影がふえていった。少年のうしろの木立から、大人たちが現れたのだ。

「行こう」

少年が言った。どこへ、と問いかえせずにいる〈子ども〉をまっすぐ見すえたまま、つづけて言う。

「おれたちも、お前も、体の中に火の種をしこまれた。そばで火をつけると、みんなのようになる。火の種の病だ」

そんな病は、聞いたこともなかった。

「これは、だれかが作った病だ。この病にかかった者を、手間をかけずに殺すための。おれたちは、だれかから『死ねばいい』と思われたんだ」

〈子ども〉の体をふるえが駆けあがる。

「――いまから、この病を伝えに行く。おれたちを皆殺しにしようとした者たちのところへ。そして、同じ病にかからせる」

なにを言われているのか、一つも理解などできていなかった。それでも……背後の、しだいに大きく燃えさかる村から一刻も早くはなれなければ、さもなくば自分も発火して死ぬのだという鮮烈な恐怖が、〈子ども〉をうなずかせ、足を一歩前へ進ませた。

少年と大人たちに連れられて歩きながら、いくつもの疑問が頭蓋《ずがい》の中を乱れ飛んだ。

なぜ、そんな病が作られたのか。なぜ、それが自分たちの身に降りかかったのか。なぜ、家族が夕飯といっしょに燃えてしまったのか。だれが、なんのために、自分たちを殺そうと考えたのか。

大きな戦争は、ずっと遠くで起きているはずなのに。

牛たちがおびえて鳴いている。

花が、花ばかりが夜でも狂ったように咲いていて、雨で地面に落ちた花びらを、〈子ども〉ははだしの足の裏で、おそるおそる、踏みにじっていった。

第一話　光る虫

夜明けに鳥が激しく鳴いたその日、村は騒然としていた。

祠《ほこら》に祀《まつ》る童《わらし》さまのすがたが、消えたのだ。いつも夜明け前に床を出て童さまへ花を供えるおクドばあさまが来てみると、小さな木の祠の中が空っぽになっていたという。悲鳴を聞きつけた者たちが続々と集まり、畑仕事も機織りも手つかずのまま、ほとんど村中が総出で祠をのぞきこみ、一様に青ざめた。

祠の中にはいつでも、てのひらに載るほど小さな稚児《ちご》すがたの守《も》り神《かみ》さまがいるのだった。髪も着物も鼻も手も、雪のように白い童さまは、この国を支える姫神《ひめかみ》の分身だ。人の住む村にはかならずいて、黒い森と村とを隔てる結界を守っている。

その童さまが、せまい村に暮らす自分たちを外界から守る存在が、忽然《こつぜん》と消えたのだ。夜が明けてまもない村の中はざわめき、不穏な空気がずしりと地面近くにわだかまった。

「こんなこと、いままで起きたためしがないが……」

「森から、炎魔《えんま》の押しよせてくるかもしれんぞ」

年寄りたちはまがった背をかがめて空っぽの祠にむかって祈り、その場で泣きだす者までいた。おそろしい、おそろしいと、うずくまって頭をかかえるおクドばあさまを、女たちがどうにかなだめようとするが、痩《や》せた老婆はますますふるえるばかりだった。

「だれぞ、童さまを盗んだのじゃあるまいな」

「そんなおそろしいこと、一体だれが」

ひそひそとささやき交わす声を、泣いていたおクドばあさまが耳ざとく聞きつけて、まるめていた背中をがばりと起こした。血走った目を見開き、老婆はわめく。

「よそ者じゃあ！　不吉な村から嫁に来て、憐《あわ》れに思うて、こっちはようよう気にかけてやりおったのに……あの、あの、よそ者の、恩知らずが！　ほかにおるかいな、あの子のほかに、こんなこと……」

墓石の上にのぼって大人たちの頭越しに祠をのぞきこんでいた七朱《ななしゅ》の足もとが、そのときぐらりと揺れた。

「うわっ」

五つの石を組んで作った墓が崩れ、七朱は土の上へ背中から転がった。思わずあげたさけび声に、全員の注目が集まる。

「こりゃ、ばかたれが！　墓を踏む者があるか、この悪ガキめ！」

「まさか、お前のいたずらじゃああるまいな」

鬼のようにどす黒い顔をした大人たちににらまれ、七朱はあわてて立ちあがりながら、てのひらを顔の前にかざした。

「ち、ちがうちがう！　おれやない。おれやないし、だれにも童さまを盗んだりなんぞ、できるもんか」

だれかが吐き捨てるように、ため息をついた。

「あほたれが。子どもがえらそうな口をききくさって」

「相手にするな、死にぞこないの子なんぞ」

自分に背をむけかける大人たちに舌をつき出し、七朱は駆けだしながら大声でさけんだ。

「うっせえ！　人の悪口ばっかり言うとるから、罰があたって、姫神さまが童さまをとりあげなさったんかもしらんぞ！」

七朱の高らかなさけび声が、空っぽの祠の前に集まる者たちにそそぎはじめた陽の光に溶けていった。


川に架かる橋をわたり、機織り小屋のあいだをぬけて走る。小屋からは、規則正しい織り機の音が、かたとんかたとんと響きはじめていた。騒ぎに駆けつけず、いつもどおりに仕事をはじめた者の中には、この春に嫁いできたばかりの嫁御もいるはずだった。よその村からの花嫁を迎えたあと、村には変事がつづいた。何度か小規模な地揺れが起こり、結界の塀の外では夜通し炎魔たちが吠《ほ》えつづけた。

そして、あのほうき星。

空を切り裂いて飛ぶ大きな星が見えたのは、つい先日のことだった。夜の空がさっとまぶしく光り、その異様な明るさに、戸締まりをして床についていた者たちもみな起き出して夜空を見あげた。銀の尾を引く大きな星が夜空を馳《は》せてゆくのを、村中の者が目撃した。……思えば、あの星は兆しだったのかもしれない。なにかが変化するという、その前ぶれだったのかもしれない。

だが、結界に守られたちっぽけな村で暮らす者たちに、なにが起きているのかを知るすべはなかった。木々人《きぎびと》や流れ者の火狩《ひか》りに問うてもたしかな返答は得られず、そして今度は童さまがすがたを消した。

うろたえることしかできないとき、村の者たちは人身御供《ひとみごくう》をしつらえる。かつてもそうしたように、せまい村の中でやり場を失った不安を、今度もだれかに託そうとしている。

七朱は、畑の水まきと草とりをしながら、ここまで聞こえてくる機織りの音をいつもより大きく感じていた。日が暮れるまで、機織りの音は止まることがない。繭から糸をより、回収車に引きとらせる絹の織り物を、小屋にならぶ木製の機械の前に座った女たちが、毎日毎日作りつづける。それはきっと、山の上の村で繭を生み出す蚕という虫の営みに似ているにちがいないと、七朱は思う。

腰を伸ばし、視線をあげると、急峻《きゆうしゆん》な山肌にしがみつくようにして、白い塀に周囲をかこまれた村がぽつりとあるのが見える。山の上の繭の村と、その下のこの機織りの村は双子のような存在で、両方の産物によって生まれる布地を首都へ売ることで、ともに生計を立てていた。

（あっちは、どんなとこやろうか）

七朱がそれを想像しない日はなかった。この村の中を流れる川の上流、水源に近い土地にある繭の村では、虫たちを養い、まろやかな繭を生む。人間が食べるための野菜を育てる畑よりも、蚕に食べさせる桑畑のほうがひろいとも聞く。かたとんかたとんという機織りの音のかわりに、虫たちがせっせと桑の葉を食《は》む音が、絶えず響いているのかもしれない。

二つの村は近いので、中間地点の森に住む木々人たちのたすけを借りて、村人が行き来をすることもあった。どちらかの村に人の手がたりなくなったとき、働き手や嫁をさし出すのだ。しかし、それとて滅多にあることではない。春の夜のほうき星よりも先に村へやってきた嫁御は、完全な外の者、訪れることをだれもが予想せず、望みもしなかった存在なのだった。

畑のむこうで、七朱と同じ十歳の少女が、まだ幼い弟を抱いてあやしている。木陰に置いたかごに入れて寝かせておいたのに、目をさますなりむずかって、止まらなくなったのだ。土の上で働く子どもは、十人あまり。七朱はそのだれからも、ある程度の距離をたもちつづけていた。

『死にぞこない』に近づくことを、子どもたちは、大人たち以上にきらうからだ。

童さまが消えても、結界はどうやら機能しつづけているのか、炎魔が塀をつき破って襲ってくる気配はなかった。近くの森から、獣たちの声が聞こえてくることもない。起こったことは裏腹に、なにごともなかったかのように時間がすぎてゆき、やがて村長を中心に幾人かの大人だけを祠の前に残して、人々は自分たちの仕事へもどった。好奇心旺盛《おうせい》な子どもたちは、いち早くどなり声とげんこつによって追いはらわれたというわけだった。

もし、自分が火狩りだったら。世界中を覆っているという黒い森に犬を連れて立ち入り、人を襲う炎魔と戦って、人々に火の恵みをもたらす存在であったなら。――のけ者あつかいされている嫁御をたすけてやれたかもしれず、こんなふうに忌まわしげにまわりの子どもたちから避けられることもなかったかもしれない。

考えても仕方のないことだ。七朱が『死にぞこない』でなくなることなど、不可能なのだから。

七朱の腕の上を、てらてらと背中を光らせて虫が這《は》い、追いはらいもしないのに、日の光のほうをめざして翅《はね》をひろげ、飛んでいった。

川を手紙が流れてきたのは、昼前のことだった。木箱に入った手紙は、山の上にある村から流されてきたものだ。

「繭の村でも、同じことが起きておるそうな」

山の上の村でも、今朝、忽然と童さまが消えてしまったのだという。童さまはいないが結界の力は消失していないらしく、森の炎魔が塀を破って入ってくることはない。……

…そのような内容の手紙だったそうだ。その内容は人の口から口へ伝わり、あっというまに村中へ知れわたった。なにが起こっているかはわからないが、どうやら変事に見舞われているのはここだけではないらしい。

夕刻。七朱は一日の仕事をおえて、持ち帰るためのわずかな菜っ葉の泥を洗い落とすと、川の水に足をひたして涼んだ。同じように畑仕事をおえて野菜を洗い、鍋《なべ》を磨いて、夕餉《ゆうげ》の支度をはじめるまでのつかのま、川遊びをする子どもたちが、高い笑い声をはじけさせている。もう春もおわろうというころだから、日光のもとで一日働いた体にはたっぷりと熱がこもっている。子どもたちは水を引っかけあって笑い、七朱はその仲間には決してくわわらず、みなからはなれて岩の上に腰かけていた。

はだしの足からふるい落とされた枯れ草が、洗った野菜にからみついている。七朱はほかの者よりも下流の水しか使ってはならない。死にぞこないのふれた水を、だれもが忌みきらうからだ。赤ん坊のおしめを洗ったあとの水で、七朱は自分の取り分の菜っ葉を洗う。

日が長くなったために川水はまだきらきらと光っており、ほてった子どもたちの手足は生き生きとしていて、七朱がくわわることのできない光景は、のどかで美しかった。

「なあ、童《わらし》さまを盗んだの、ほんとにお前とちがうんか？」

川の水に体のほてりを洗い流していたガキ大将の十輝《とおき》が、いつのまにか七朱のうしろへ立っていた。着物のすそから、ぽとぽとと川水のしずくが垂れている。

乱暴者のこいつだけは、なぜか死にぞこないにやすやすと近づいてくる。そばまで来ては、けんかを吹っかけてくるのだ。わざわざ近づいてきて敵意をあらわにされるより、忌まわしげに視線をそらしていてくれるほうがどれだけましか知れない。

「……ちがう。上の村でも同じなのやと、手紙に書いてあったのやろうが」

七朱が返事をすると、十輝はあからさまに、不満げな顔をした。

「上にも、お前みたいな死にぞこないがおるかもしれんやろ」

七朱は反射的に、岩の上へ立ちあがった。が、十輝のほうが背が高く、子どもなりにも肩や腕の筋肉もがっちりとしており、小柄な七朱が立ったところで威嚇にすらならなかった。川辺の子どもたちが、いつのまにか二人のやりとりをじっと見守っている。

「うるせえ！　そんなこと、知るわけなかろう。そんなに知りたきゃ、お前が山へのぼってこい」

不穏な気配を感じとった幾人かは、野菜を入れたかごをかかえてこの場をはなれてゆく。十輝は一歩前へ踏み出し、険しい顔を七朱に近づける。腕力の差が威圧感になって空気を伝ってくるようで、七朱の腹の底をぞわりと危機感がなでていった。

「死にぞこないが、えらそうな口きくなよ。お前でないなら、やっぱり、あのよそ者かよ」

その瞬間に、頭の中に怒りがはぜた。立ちむかえば青あざぐらいではすまないだろうが、ここで引きさがるのは自分に対して許せなかった。前にとっくみあいになったときには、前歯を折られた。しかし七朱は十輝の髪をごっそりぬきとってやり、十輝はいまだにその部分だけ頭皮をむき出しにしている。今日は鼻の骨くらい折ってやる。十輝を目の前に、どう立ちまわるかを頭の中にえがいていたそのとき、

「こりゃあ、けんかせんのよ。口ん中けがすると、お夕飯が食べられんよ」

たおやかな声がして、張りつめていた空気を一気にかき乱した。声の主が、ひょっと七朱のとなりへ現れた。とたんに、猛々《たけだけ》しかった十輝の気配がかしぐ。

「あっち行けや、この……」

「うん？」

細長い首をかしげると、声の主の長い髪がすらすらと肩の上を揺れる。十輝は口をつぐみ、憤然として背をむけると、集落の方角へ走っていった。

「しょうがないねえ、生意気ざかりで。七ちゃん、いかんよぅ。仲よくせんと」

となりへやってきたのは、すらりと細い娘だった。厄払いの花嫁として村へやってきた娘は、前掛けをてのひらでなでつけて、岩の上へひざを折る。

「……〝七ちゃん〟て言うなやって、ほたるちゃん」

川面へ横顔をむけたまま、ふふふ、とほたるは笑う。

「いいでしょう。弟のようなのだもん」

はじめて見たとき、細い人だと思ったものだが、この機織りの村で朝から晩まで働きだして、ほたるはいっそう痩《や》せた。今朝、童さまの不在にまっ先に気づいたあのおクド

ばあさま、機織り職の監督官の座をだれにもゆずろうとしない老婆が、酷なまでにほたるをこき使うのだ。

子どもたちが逃げてしまった川のおもてを、細い首を伸ばしてほたるがさしのぞく。

「……なにが起きよるのかしらねえ」

暮れ色に染まりつつある空が、ほたるの横顔をこっくりと空気の中へ溶けこませた。

「わたしの村は、土が悪くなっておった。わたしを厄払いに出したから、村は大丈夫になったと思っておったのに。今度は、ここの村で大変なことが起きた。……わたしが、禍事《まがごと》を連れてきたのかもしらんねえ」

ほたるはそう言って、なにかをなつかしむように目を細めた。色の白い頰がくぼんで、そこに青い影が宿っていた。ほたるは「弟のようだ」と言っては七朱のそばへ来るのだが、故郷にほんとうの弟がいるのかどうか、尋ねてみたことはなかった。いたとしても、もう二度と会うことはないだろう。

「そんなこと、あるわけなかろう」

七朱はむすっと下くちびるをつき出して、ほたるの横に座りこんだ。

「そうねえ。そうだといいのだけど」

「あたりまえやろ。童さまが消えたのは、この村だけとちがう。山の上でも同じなんじゃや」

川の水に重たい疲れを流してしまおうとするかのように、ほたるは川面へ視線を落としてうなずいた。……この村で暮らしはじめてまもないころ、この同じ川べりで、ほたるは七朱にむかって、虫がいなくて残念だとこぼした。機織りの糸を生み出す蚕が、この村にいると思っていたのだそうだ。ほたるといっしょに回収車に乗っていた友人が、蜂飼《はちか》いの村へ嫁に行ったのだという。蜂と蚕ではまるでちがうと七朱は思うのだが、虫の世話をしながら毎日友達のことを思っていられたのにと、ほたるはさびしそうに笑ったのだった。

ほたるの輪郭はじわじわと細くなってゆく一方で、そのうち薄い線になって消えてしまうのではないかと、七朱は不安でたまらなくなることがある。

「ほたるちゃんのせいとちがう」

七朱は足の裏を岩の表面にぴたりとくっつけた。さっきまで太陽の温かみを宿していた岩は、日が暮れるのにあわせて急速にひえ、七朱の足裏から体温を吸いとっていった。

「ありがとう。七ちゃんはやさしいねえ」

村の者ならばまず口にしないこんな言葉を、厄払いの嫁御は恥ずかしげもなく言うのだった。

「……ほたるちゃん、おれとあんまりしゃべらんほうがええぞ。死にぞこないのそばにおると、病気がうつる、て言われるぞ」

ただでさえ、遠くはなれたよその村から厄払いの花嫁として村へやってきたほたるは、最初から孤立していた。それまでは村で陶物《すえもの》作りをしていたというほたるは、はじめてふれる機織り機の操作や糸つむぎの仕事を一からおぼえねばならず、水くみや食事の支度、繕い物から鶏の世話まで、言いつけられるままに朝から晩まで働いた。七朱のような子どもがはた目に見ても、そのあつかいは過酷だった。ほたるを娶《めと》った一光《かずみつ》でさえ、まともに口をきくところを見たことはなく、ともに機織りに従事する女たちも、あからさまにほたるのことを避けていた。

「病気なんて、うつらんよ。七ちゃんはもう治ったのでしょ。あの悪童とけんかできるほど、強いでしょうに」

ほたるは、うたうようにそう言った。ときどき糸繰り小屋から、歌が聞こえてくることがある。川でくんだ水を畑へ運んでいるとき、細い声が、なにかをうたっている。それがほたるの声だということを、七朱は知っていた。ほたるは、一人でいるときにしかうたわない。一度、うたうのをこっぴどく叱られたのだと、川べりの藪陰《やぶかげ》で一人泣いているほたるを見つけた七朱にこっそり打ち明けた。ほたるは決して口にしなかったが、おクドばあさまの仕打ちであることはまちがいない。童さまが消えて、七朱はすこし胸がすいたのだ。とり乱すおクドに、ざまをみろと思ったのだった。

流れに暗さをたたえてゆく川面《かわも》の揺れ方が、ふと変化した。あら、と声をあげ、ほたるが視線を移す。

川上から、小さな木箱が流れてくる。繭の村からの手紙だ。一日に二度も流れてくることなど、七朱の知る限りはじめてだった。繭の村から流されてくる手紙をうけとめるための網は、下流のもう一本の橋のたもとに設置されている。が、今日はただならぬ日だ。七朱は岩からすべりおりると、川の中を走っていって、流れに浮かぶ箱をつかみとった。木材から削り出したそれは、箱というよりも木製の瓶とも呼ぶべきもので、蠟《ろう》でしっかりと密封されている。

「なにかしらね」

ほたるの頰に、かたい緊張が宿っている。

「開けたら叱られるよ。村長さんとこへ持っていこう」

ほたるが立ちあがり、箱をにぎった七朱へ手を伸ばしてきた。三つ四つの子どもでもあるまいし、手をつないで歩くのもみっともない。七朱がそのまま水からあがって歩きだすと、ほたるはさし出した手を引っこめてついてきた。気弱な嫁御の両手を空っぽにしてしまったことがなぜだか無性にくやしくて、まだ濡《ぬ》れている木の箱を、七朱は力まかせににぎりこんだ。

「……そいでな、上の村に流れ者の火狩りが来た、てな、その火狩りが話したことが書いてあったんやと。おれとほたるちゃんの拾《ひろ》うた手紙で、村長が目ぇむきよったんや」

粗末な雑炊をかきこみながら報告する七朱の言葉を、じいちゃんは、こっくりこっくりうなずきながら聞いている。

「首都で、えらいことが起こったのやと。童《わらし》さまが消えたのはそのせいで、姫神さまのかわりに、今度からべつの王さまがてっぺんに立つことんなったんやと」

「ほうか、ほうか」

「えらいことやぞ、じいちゃん」

最後のひと口をごくんと飲みくだし、七朱は身を乗り出して、雑炊のこびりついたじいちゃんのひげを濡らした布巾《ふきん》で拭《ふ》きとった。目の見えない祖父は刃物をひどく怖がるので、ごわごわしたひげを短く刈ることができない。

伸び放題のひげも、干物のように老いた体も、七朱がまめに拭いて浄《きよ》めるのだが、じいちゃんが生きてきた年月のぶんの雑多なにおいがもう染みついて、家の中にもそのにおいがとどまっている。いくら追いはらっても蠅が家中を飛びまわるのは、そのせいかもしれない。

「なにがじゃ。姫さまが王さまになっただけやろうが。お前の父親、母親、兄ども姉どもの死んだときのほうが、よっぽどえらいことじゃった。家族中で病み患《わずろ》うて、しまいにお前も病をもろうて……」

七朱は、ふんと鼻を鳴らして祖父の言葉をさえぎった。

「それとこれとは、ちがうやろうが。首都におわす神族さまのお力で火狩りが生まれて、村をこさえて屋根の下で暮らせるようになったのやと、じいちゃん言うとったやないか。その神族でもいちばんえらい姫神さまが、べつの王さまにとってかわられたのやぞ」

「同じじゃ」

じいちゃんの口調は変わらずやわらかいが、歯の欠けた口から発せられる音がかすかに低くなったのを、七朱の耳はちゃんととらえた。

「てっぺんがかわろうと、こんなすみっこの村は変わらん。ひとたびなにか起きれば、またぞれぞに面倒を押しつけてしのごうとするやろう。あのとき、もしこの家の者が早《はよ》うに魚を獲《と》っておらねば、村中が魚の毒に冒されておったかもしれなんだ。この家の者を村から切りはなして、看病もせずに死ぬのを待っておった。おかげで病はほかへうつらずにすんだが、わしとお前だけ、死にそこのうたなあ。――今度の騒動で、似たようなことも起ころう。わしもこんな歳までここに暮らして、もう、それが骨身に染みついた。新しい王さまじゃと聞いても、いやしい考えしか浮かんでこんわ」

飯椀《めしわん》と箸《はし》と湯呑《ゆの》みを洗うと、七朱は天井に吊《つ》るした卵型の照明を消した。二人住まいのこの家で、照明が必要なのは自分一人だ。じいちゃんは生まれてまもなく、親の手で目をつぶされたから、一切の明かりを必要としない。食事をすませて眠るまでのわずかな時間は、火を使わずにすごす。住み慣れた家の中だから、短時間視界がきかなくとも、七朱も不自由することはなかった。

「神族さまの中でも、いちばん位の高い姫神さまともなれば、雲の上どころではない贅《ぜい》沢《たく》暮らしじゃ。いつかだれぞがその座を奪うじゃろうと、子どもの時分から思うとった」

暗闇の中で噛《か》み煙草の箱を開けながら、じいちゃんがかすれた笑い声を響かせた。

「だれじゃろうのう。今度、大将になったんは。さぞかし、おもしろかろうなあ。首都を引っくりかえして、てっぺんに立って……逆らう者は蹴落《けお》として、いまごろ食いきれんほどのご馳走《ちそう》にありついておるかもしれんの。どこのだれやら知らんが、わしどもを、このまま生かしておいてくれるお人ならええがのう」

じいちゃんの笑い声といっしょに、嚙み煙草の乾ききった泥のようなにおいがひろがり、七朱はその晩、なかなか寝つくことができなかった。

祠《ほこら》の童さまのすがたがないまま、それでも日々は、いままでどおりにしぶとくつづいた。姫神が統治者でなくなったなら、首都から来る回収車に買いとらせる布はどうなるのか。以前と同じに、産物と引きかえに火をもらえるのか。——そもそも、回収車はやってくるのか。

だれに問うこともできない疑問と不安が、村の空気に深く沈んでいた。毎朝欠かさず童さまへ花を供えていたおクドばあさまが、墓地の入り口の椿の木で首をくくろうとし、五人がかりで止めるという騒ぎが起きた。しかしそれでも、やはり日々はくりかえされ、やがて季節も移ろいかけた。

日に日に、空の色が濃くなってゆく。春が灰色の雨に洗い流され、雷鳴が天に亀裂《きれつ》を入れると、あざやかな緑が強くかおって、季節は夏になろうとしていた。

童さまのいないまま、結界の塀は外の森に棲《す》む炎魔をはばみつづけた。流れ者の火狩りが、幾度か村を訪れた。犬を連れた狩人《かりゅうど》たちは、異口同音に首都に新しい王が誕生したのだと告げ、その新たな統治者の力が結界をたもっているのだと言った。食料や一晩の寝床と引きかえに火を村に残し、火狩りたちはまた森へもどっていった。

木々人たちもまた、繭の村と機織りの村を行き来しては、情報を伝達した。回収車がこちらへむかっているらしい、と木々人たちは伝えたが、車が来るには早すぎる。村の産物を火と引きかえに買いにやってくる回収車は、半年ごとの巡回のはずだ。

「回収車が来る、て、ほんとうかな」

川を見つめながら問う七朱のとなりで、ほたるもまた、どこか虚《うつ》ろなおももちをしている。

「さあ……」

ほたるは、回収車に乗ってこの村へやってきた。その車は、ほたるを生まれ育った村から引きはなした存在そのものであるはずで、予定外の時期にふたたび目にするという知らせに、気持ちの整理をつけかねているのかもしれなかった。

「あんたぁ！　また、こんなとこで油売って……働け、働け、この罰当たり者が」

うしろからかかった声に、ほたるがびくりとふりかえる。七朱も立ちあがってふりむくと、古ぼけた柿渋色の衣服の老婆がこちらをにらんでいた。おクドばあさまだ。

「ぼうっとしとるのやない。童さまが、おりなさらんのじゃ。首都の車の来るまでに、働いて働きづめに勤めておれば、童さまもおもどりくださるかもしらん。人間が必死に働くのじゃと知れれば、お心がえをしなさるかもしらん……もっともっと、精出して働かねば、帰ってきてくださらん。あんたぁ、踏み木を全部拭いとくよう、言うたろうが。早う、早う、小屋にもどらんかい」

「……ごめんなさい」

ほたるは、さっと顔を青くして頭をおクドにさげる。もう大人なのに、年端もゆかない幼子のような謝り方だった。そのまま七朱に視線もくれず、機織り小屋のほうへ走っていってしまう。

その場に立ってほたるのうしろすがたを見送るおクドを、七朱はじっと見つめていた。痩《や》せて腰のまがった老婆は、七朱にちらりと一瞥《いちべつ》をくれると、乱れた白髪のひとすじへ息を吹いて顔の前からはらいのけ、のろのろとほたるのあとを追って小屋へむかった。

宵の闇が空気に溶けこみはじめている。

ほんとうに回収車が来るとして、来るのは何日後だろうか。春先の回収車へ絹を買いとらせ、半年後に備えて機織り仕事を進めていたから、いま回収車が来ても満足な量の産物がわたせない。そうなると、引きかえにもらえる火は、やはりへらされるのだろうか。

一体なんのために、こんなに早く来るのだろう。じいちゃんの言っていたように……新しい王が、姫神に負けぬ贅沢暮らしをしよう、あるいは自分の力を知らしめようと、車を出発させたのだろうか。

そんなことを考えながら林の中の道をたどり、家へ帰り着くと、まっ暗な家の中に、ふだんとちがうにおいがこごっていた。

七朱は一瞬足を止め、それから一気に板の間へ駆けあがった。天井から吊るした明かりをつける。

ぺったりと、じいちゃんが床につっぷしていた。

家の中をうろついていた茶色な蝶《ちょう》が、ひらひらと外へ出ていった。

蝿が家の中を飛んでいる。暑い時季に羽虫が家の中へ入ってくるのはいつものことだが、いまはその羽音が、いやにわがもの顔をして聞こえた。

自分の呼吸の音が、鼓膜にうるさいほど響く。

……あのときのにおいが、鼻の奥によみがえっていた。魚の毒から生じた病に冒されて苦しむ親たち、兄や姉たちの体から発せられる、甘ったるさと汗、苦痛と糞尿《ふんにょう》のまじりあったにおい。

村では、川で獲れる魚が貴重な栄養源だった。とはいえ結界の中の限られた範囲でしか魚獲りはできないため、漁をしてよい時期、獲ってよい数は厳格にさだめられていた。

七朱の家族は、禁じられた時期に魚を獲ったのだ。あと五日も待てば魚を獲って食べることが許されるのに、それを待たずに川へ入った。父親といちばん上の兄が夜更けにこっそり獲ってきた魚を、病みついてずっとふせっていた、七朱の一つ上の姉に食べさせた。一つちがいの姉は生まれたときから体が弱く、あの夏はとりわけ衰弱が激しかったのだ。このままでは夏を越せまいと、せめて体に力をつけさせるために家族は村の決まりを破った。

そうして結局、七朱の一つちがいの姉をまっ先に死なせた。魚に毒がふくまれており、姉は病みついた体をたちまち蝕《むしば》まれたのだ。村を流れる川の上流のどこか、黒い森に魚を毒するなにかがあるのか。それとも掟《おきて》を破った報いだったのか。わからないが、嘔吐《おうと》をくりかえす娘の世話をする両親も、あっというまに同じ病をとりこんだ。ほかのきょうだいたちもだ。

村ではその夏、魚獲りが完全に禁じられた。禁を犯して魚を獲ったうえに、人へうつる病にかかった七朱の家族は、村から断絶された。

床に寝ついて起きあがれない家族の体を拭《ふ》き、吐いたものを外に掘った穴に捨てては埋めながら、七朱はもうとりかえしがつかないことを悟っていた。病がよそへひろがらぬよう、一家は井戸の水を使うことも禁じられ、甕《かめ》に雨水をためて使っていた。そんなことで、家の者はたすかるはずなどなかった。たすかっては、ならなかったのだ。だから、みなが順に死んで埋葬がすんだころ、自分もやはり同じ病にかかっているのを知って、ほっとした。

七朱は病みつき、親たちと同じように吐いて、なにも食べられなくなり、真夏だったというのに悪寒にがたがたとふるえた。体が急速に内から乾いて、皮膚がみしみしと骨にへばりつこうとするのが感じられた。

村人たちは、もちろんだれ一人たすけに来なかった。じいちゃん一人が生き残れば、村の者たちもせめて情けをかけて世話を焼いてくれるだろうかと、そればかりが気がかりだった。

それなのに、死ななかった。目の見えない祖父に看病され、気がつくと、胃がきゅうと鳴って空腹を訴えた。じいちゃんはその音をたしかめて、歯のない口で泣くように笑った。

あのとき七朱を死なせなかった祖父が、動かなくなってたおれふしている。

「……じいちゃん」

呼んで揺すっても、返事などないことはわかりきっているのに、そうせずにいることが、なぜかできなかった。

骸《むくろ》には、鬼火よけの薬剤をまぶす。棺桶《かんおけ》の中で粉まみれになってゆくじいちゃんが、知らないあいだにずいぶん小さくなっていたのだな、と七朱は、どこかひとごとのように感じた。ほたるがまるで自分の親でも死んだかのようにさめざめと泣いたが、ただでさえやつれているほたるを憔悴《しょうすい》させることが申し訳なく、七朱は機織り小屋にこもっていてくれればいいのにと思った。

埋葬に手を貸した男手四人は、新しい墓に簡単に手をあわせると、早々にその場を引きあげた。村の墓地を見守る位置にいた童《わらし》さまの視線がなくなり、墓場にはまばらな雑草が伸びるにまかせられていた。

ほたるだけが七朱のそばをはなれようとせず、摘んできた花をできたばかりの墓へ供えた。

「ほたるちゃん。早《はよ》う仕事にもどらんと、また叱られるで」

しかしほたるは、なにもこたえなかった。七朱の祖父の墓を見つめるその横顔は、どこかべつの世界から飛んできて、またすぐここを去るつもりの、名前も知らない水鳥のようだった。

ささやかな弔いの翌日、村はまたしても騒然となった。

木々人の言ったとおり、回収車が訪れたのだ。森の黒さに染まったかのような巨大な装甲車が二台、村の門をぬけて入ってきた。自分たちの住む家よりなお大きな鋼鉄の乗り物は、存在そのものが威圧的だ。村の者たちは困惑をあらわに、首都から来た車をとりかこんだ。

七朱も家の片づけの手を休めて、広場へ車を見に行った。二台の回収車が、熱された金属のにおいを昼さがりの空気にはなっている。

機械の低いうなりがやむと、聞こえてきたのは犬の声だった。いつも、回収車には首都づきの火狩りとその犬が同乗している。が、ふだんであれば一頭か二頭であるはずの犬の声が、いまは何十もかさなって聞こえてくる。

やがて車の昇降口が開くと、われ先にと大小さまざまの犬たちがおどり出て、村人をおどろかせた。ついで、狩り装束の火狩りたちがおりてくる。ざっと見ただけでも、二十人はいた。火狩りたちが見守る先で、犬たちはさかんににおいを嗅《か》ぎ、体を伸ばし、仲間の犬とじゃれあったり、そのへんで小便をすませたりしている。

広場には機織り職の女たちも駆けつけていて、そのうしろにいるほたるが、おどろきに口を覆っているのが、七朱のところから見えた。

「報せを持ってきた！」

火狩りたちのあとからすがたを現した、灰色の作業服の乗員が声を張りあげた。その口から告げられたのは、流れの火狩りがもたらした報せを、いよいよ裏づけるものだった。首都に、新しい王が生まれた。姫神ばかりか神族そのものが統治者の座を退き、新王がこれからの世を治めるのだと。

「……どこのだれじゃ、その、新しい王というのは」

狼狽《ろうばい》が広場に満ち、犬たちがここに住む人間たちをじっと見つめた。

「もとは流れ者の、火狩りだ。まだ若い女だそうだ」

どよめきがひろがり、広場のはしで話を聞いている七朱は、みなの前へおどり出ようとして目をむいたおクドばあさまを、機織り女たちが必死で引きとめているのを見た。

「そんな、どこの馬の骨とも知れん女が、なんでわしらの王さまであろうもんか」

「大罪人やろうが、そいつは」

「姫神さまは、どうされたのや」

かん高い声を投げかける村の者に、首都から来た乗員は顔色を変えることなくこたえた。

「お隠れになったそうだ」

息《の》を呑む音が響き、身を投げ出すようにひざをついて、その場で泣きだす者まであった。回収車と犬たちに歓声をあげて駆けよっていた子どもたちも、大人たちの反応に呆《ぼう》然《ぜん》となって立ちつくした。異様な気配に、小さな子がむずかりだす。

「そいつが、その、女のくせに火狩りになったとかいう罰当たりが、姫神さまを殺したのやろ！　なんで！　なんで、首都の人どもで、その女をとり押さえなんだんじゃ！」

女たちに肩を押さえられたおクドが、髪をふり乱してさけんだ。大声でわめく老婆に、村の者たちはかえって自分たちの混乱を落ち着かせたようだった。

回収車の乗員たちは、行く先々で同じようなやりとりをくりかえしてきたのだろう。ただ一人がなり立てるおクドの声がとぎれた一瞬を逃さず、すばやく産物の買いとりと火の供給に話の方向を転じ、不満の声をたちまち封じこめた。

「村の産物は、いま売ってもらえるぶんだけを引きとる。かわりに、いまからこの近辺で狩りをする。村へ供給するぶんと、車の燃料にするぶん、分け前はそちらに多くとってもらう。そして──」

乗員の話はまだつづいていたが、ふいにほたるがその場をはなれて駆け出したので、七朱はつづきを聞き逃した。

結わえた髪を揺らして、ほたるが走る。その必死なうしろすがたの先、開いたままの回収車の昇降口から、するりと一匹の灰色の犬がおり立った。そのあとから、人間がおりてくる。子どもだ。はだしの足に草履を履き、うつむきがちに犬のあとをついてくる。暑いにもかかわらず、紅梅色の布を頭からかぶっている。まぶしいのかもしれない。

「かなちゃん……灯子《とうこ》ちゃん！」

ほたるが呼ぶと、赤い布を頭と肩にかぶった子どもがふりかえる。灰色の犬が、「おん！」と、たしかにほたるのことを見て吠《ほ》えた。布を日よけにした子どもの顔は、七朱にははっきりと見ることができない。それでも痩《や》せた頬に、目ばかりが大きいのがわかる。その、目が――一瞬こちらへむけられた視線をまともに見てしまい、七朱の体を、ぞっと怖気《おぞけ》が貫いた。

ほたるが、犬といる子どもの前にかがみこみ、顔をのぞく。赤い布をまとった肩に手をふれる。ためらいもなくほたるがその子どもの名を呼び、間近へ駆けていって抱きしめたことに、七朱は激しい混乱をおぼえた。

七朱と年の変わらない、痩せっぽちの子どもだ。顔色は悪く、二本の細い足で立っているのがいかにもたよりない。屈強そうな灰色の犬に支えられて、かろうじて立っているように見えた。いま、その子どもは、ふるえながらほたるにひしと抱きついている。泣きながらなにか言葉を交わしている二人に、七朱はそれ以上近づくことができなかった。

赤い布をかぶった子どもの、あの目。どこか遠い世界へ通じる、二つの暗い沼のようだった。

童さまを消したのは、あの子どもだ。

どういう理屈なのか自分でもわからないが、体の芯《しん》にそう感じ、七朱は泣いているほたるの背中を見つめたまま、気配を殺してあとずさった。

回収車が威圧感をはなつ広場からはなれ、じいちゃんの埋まっている墓地からも遠ざかり、集落のむこう側、もうだれもいない家をめざして走りだした。

まだまだ陽はかたむかない。

ほんとうにじいちゃんが死んだのか、実感が湧かなかった。

家に帰っても、もうだれもいないのだ。ほんとうに、今度こそ、ただ一人の死にぞこないになってしまった。

七朱はやたらにひろく感じられる板の間に腰をおろしたまま、じりじりと日が暮れてゆくのをぼんやりとながめた。遠くで、犬たちの声がする。この音はきっと、塀を隔てたむこうからのものだ。森へ出て、狩りをしているのだろう。

ほたるが駆けよったあの子どもは、なぜ犬を連れていたのだろう。なぜ、あんなおそろしい目をしていたのだろうか。

姫神がお隠れになった……つまり、死んだということか。そのために、なぜ村の者たちはあんなに動揺したのだろう。七朱の家族はみんな死んだ。村の年寄りも冬には決まって何人かずつ死んでゆくし、死にながら生まれてくる赤ん坊も、子を産んでまもなく死ぬ母親もいる。病で死ぬ者、けがをして死ぬ者。……こんなにちっぽけな村でさえ、大勢の者たちが死んでゆくのに、姫神一人が死んだくらいで、なにをあわてる必要があるのか理解できなかった。その死にどれほどのちがいがあるというのだろう。

ゆっくりと夜がおりてくる。

明かりをつけないまま、七朱は身じろぎもせずに同じ問いの中をさまよいつづけていた。

「おーい、だれかいるか？」

声がして、戸口にくらりと光が揺れた。犬を連れた狩衣《かりぎぬ》すがたの男が立っていた。その手にさげている携行型の照明が、宵闇をさやさやと照らしているのだった。なかばで耳の折れた毛足の短い犬が、尾をふりまわしながら七朱をめがけて駆けてくる。一呼吸のあいだに板の間へ飛びあがると、ぼうっと座ったままの七朱にじゃれつき、熱い舌でいきなり頬や耳をなめまわした。

「こらっ、つむぎ！」

男が呼ぶと、犬はうれしそうに尾をふりながら顔をあげ、主《あるじ》をふりかえる。あっけにとられながら、七朱は犬の足の裏がかたいことにおどろいていた。まだ若いのか、どこかおどけたような顔をした犬だが、足裏の屈強さが危険な森での経験を物語っている。

「おりろ。こっちだ」

主に呼ばれ、犬はまだ尾をふりながら、土間へ飛びおりる。

悪いね、と自分の頭をかきながら、男がじっと座っている七朱に顔をむける。腰に、革製の鞘《さや》におさまった火の鎌をさげている。ほんものをこんなに近くで見るのははじめてだった。身につけている衣服から、回収車の機械油のにおいと、黒い森の甘ったるいにおいの両方が漂ってくる。

火狩りの年齢を読みとることはできなかったが、歳はまだ若い部類だろうと思われた。髪を短く刈りあげているせいで、色が白く輪郭にまるみのある顔の形が強調されている。

「まっ暗なとこで、なにをしてるんだ？　広場のほうで、村の人が炊き出しをふるまってくれているぞ。大所帯で押しかけるんで、どこの村でも迷惑だろうと思うけどね」

耳慣れない首都者の言葉は、七朱の鼓膜の表面をつるつるとすべり落ちていった。

「……おっちゃんこそ、なんでこんなとこ来たんじゃ。ここへ来ても飯はないぞ」

そう言うと、火狩りは顔をくたっとゆがめて笑った。

「そうなんだよ。ここに着いてすぐに狩りに出てきたから、腹ぺこなんだ。すぐに飯にしたいのに、こいつが急に走りだしてな。あとを追いかけてきたんだよ」

「火狩り、て、犬に言うこと聞かせられるんとちがうん」

すると、短く刈った頭のうしろへ手をやり、火狩りはますます笑った。

「そうなんだけど、こいつと組んで、まだ日が浅いんだ。……ずっといっしょだった犬は、首都の混乱のときに死んでしまったからさ」

　まだうれしそうに尾をふっている犬の頭へ、火狩りは手甲をはめた手を乗せる。

「こいつの主は命はとりとめたが、けががひどくて火狩りをつづけられなくなってな。もとの飼い主がものすごくおっかない火狩りだったから、こいつ、まだおれの言うことはまともに聞いちゃくれないんだ」

　狩りのときは優秀なんだがね、とつけくわえ、火狩りは犬の頭をぽんと軽くたたいた。

「きみ、ここに一人か？　家の人は？」

　屈託のない問いが、七朱の神経を鋭く削った。

「……おらん」

　声音が低く、重くなる。ところが、火狩りは言うことを聞かないという犬とそっくりな笑みを浮かべた。

「それなら、泊めてもらえないか？　あさっての朝まで回収車がこの村にとどまるんだが、人数が人数なんで、車で休むわけにもいかないんだ」

　拒む理由もなければ、歓迎する理由もない。うれしいとも面倒だとも思わなかった。ものを感じることに、七朱はひどく疲れていた。

「ええよ。好きに使《つこ》うて」

　投げやりな返答に、犬が高らかに、一声吠えた。

火狩りの名前は、赫二《かくじ》といった。集落のはずれの七朱の家に、鎌と短刀以外の荷物を置くと、広場へ出かけて食べ物を手に入れ、犬のつむぎとともにもどってきた。

「ほら、お前のぶんだ。なにも食ってないんだろう」

そう言って、七朱ににぎった菜飯と干し魚をさし出す。礼も言わずに、七朱はほとんど機械的にそれをうけとる。顔立ちが柔和なせいか、この男が黒い森へ立ち入り、金の鎌をふるって炎魔と戦うところを想像することができなかった。

「お前、この家に一人なのか？　ずっと？」

土間にいる犬に干し魚をやりながら、赫二が尋ねる。七朱はにぎり飯をぼそぼそと口へ入れ、うなずいた。

「家族みんな、魚の毒にあたって死んだ。じいちゃんも、きのう死んだ」

「きのう？」

赫二が大きく眉《まゆ》を持ちあげる。火狩りのすなおな表情に、七朱の頭の中はますます静まりかえった。

「うん」

「そうか。……じゃあ、お前がここの主人なんだな」

そうなるのだろうか。よくわからない。子ども一人に使わせてはおけないからと、どこかの家へ居候するように言われればそうする。ここが自分の守らねばならない家だとは思わなかった。

「首都って、どんなところなん」

こたえるかわりに、質問した。回収車に乗ってきた者たちが村の民家に宿を求めているのなら、今夜は村中の家で同じ問いが発せられているにちがいなかった。結界にかこまれたせまい世界しか知らない村人たちにとって、首都は特別な場所だ。神族にかわって一人の火狩りが王の座に就いたという信じがたい話をぬきにしても、だれもが首都での暮らしを知りたいはずだった。

赫二は気前よく、首都のようすを話してくれた。無数の水路が走る町、町から見える海、雲のように煙を吐き出す工場地帯――狩りに出るときには、崖《がけ》のトンネルをくぐって森へ行く。……そのトンネルは以前なら、村と同じく姫神の張った結界によって守られていた。首都でもいろんなことが変わったのだと、丸顔の火狩りは声の調子を低くした。

「新しい王さまは、そしたら悪いやつなん」

七朱が顔をさしのぞくと、赫二はあごを手でもんだ。

「そうだなあ。こんなことを言ってもいいのかわからんが、まだ判断しかねる、というのが、正直なところかなあ……中には、新しい王をまったく信用していない者もいるよ。せっかく神族が守っていた秩序を破壊するだけだと。でもおれは、見たんだ」

つむぎが板の間へよじのぼってきて、赫二のひざに頭を乗せる。火狩りの手ははじめからその形にあわせて作られたかのように犬の首すじと背をなで、つむぎはくつろぎきったようすで目を閉じた。

「首都が大混乱におちいるとき、あの人は、千年彗星《せんねんすいせい》を狩って王になろうという者はないかとさけんでいたんだ。その人が火狩りの王になった。まるで、たすけを呼んでるみたいに聞こえたんだよ――おれは自分の犬といっしょに、結界を越えてきた炎魔を食い止めるのに必死で、なんの手だすけもしなかったんだが。もともと組んでいた犬も、そのとき死なせてしまった」

言葉を止めて、火狩りは照れくさそうに頭のうしろへ手をやった。

「正直おれも、こうなるまでは、首都や森の中の村がひどい場所だなんて思っていなかった。自分たちの住む場所がどういうところだか、考えたこともなかった。それが、引っくりかえしてしまわなくちゃならんほどひどい場所だったのか、いまでもはっきりわからないんだ。だがもう、引っくりかえってしまった。首都は炎魔と〈蜘蛛《くも》〉の火でめちゃめちゃに壊されて、大勢が死んだ。新しい王になったやつは、すくなくとも、これ以上犠牲をふやさないようにと考えてるみたいだ。だから、回収車に乗ることを志願した」

赫二の話は七朱の現実からは遠く隔たっていて、ほとんど作り話にすら聞こえた。ここにまだじいちゃんがいたら、七朱は火狩りの話をどこまで信じ、どこを疑うべきか、考えることができただろうか。せまい村の、さらに片すみに暮らす死にぞこないの自分や祖父にはなんの関係もないと、聞き流すこともできただろうか。

「車が着いてすぐに、乗員頭が言ったことだが――」

　犬の頭をなでながら、赫二がつづける。とちゅうで広場をはなれた七朱は、あのときの話をちゃんと聞いてはいなかった。

「お前、火狩りになってみるつもりはないか」

　ぽかんと力のぬけた、まぬけ面を相手にむけていた。赫二は話し方を探るように、視線を横へやってくちびるを噛《か》む。

「この村には、おれとつむぎがとどまることになった。明日《あした》、別部隊が徒歩で山の上の村までむかって、同じく火狩りと犬を配置する。これも、新しい王が決めたことだ。それで、火狩りの技術を村の人間にも伝えるようにと言われているんだが……おれはこの顔のせいか、よくなめられてしまうんだ。大人や若者相手じゃ、うまく教える自信がない。お前、すばしっこそうだし、これからどんどん力も強くなる。つむぎもお前を気に入ったらしいし、いっしょに訓練するのに都合がいい」

　突然の申し出に、七朱はおどろくよりも、気持ちが暗くふさいだ。この火狩りは、たまたまこの家に泊まるからこう言うだけだ。七朱より度胸があって体格のよい十輝を見れば、きっとよりむいていると判断するだろうし、なによりも……この村で七朱がどういう位置づけであるかを知れば、ここに泊まったことすら後悔するかもしれない。仲間たちとともに車に乗らず、村にとどまるというならば、なおさら。

　七朱は火狩りの申し出を、無視することに決めた。

「……車に乗ってきた、犬を連れた子どもがおったやろ？　あの子は、火狩りの弟子なんか？　ほたるちゃんと、知りあいのようやったけど……」

「ああ、あの子か。ほたるというのは、機織り職の人だろう？　今晩はその人のところへ泊まるようだったな。あの子は、故郷の村へ帰るところなんだそうだ」

「首都から？」

疑念まじりの七朱の声に、火狩りがうなずいた。

「くわしいいきさつは知らないが、あの犬を連れて、故郷の村から首都へ来たらしい。とんでもないときに居あわせることになっちまって、気の毒にな」

あの子どもがなぜ犬を連れているのか、首都でなにをしていたのか、結局赫二は知らなかった。

今夜はずいぶんと長く、照明をつけたままですごした。じいちゃんが死に、暗がりでも生活できる人間が、いなくなってしまったからだ。

明かりを消して眠るとき、奇妙な感覚が七朱の皮膚という皮膚に貼りついた。自分一人になったはずの家の中に、べつのだれかの気配がある。それがなつかしくもあり、落ちつかなくもあった。

ほたるはあの子どもと、ともに食事を摂《と》ったのだろうか。どちらも、もう泣きやんだだろうか。二人で、どんな話をしただろう。そんなことを考えながら、その晩はあっというまに眠りに落ちた。

あくる朝、七朱が起きると火狩りとその犬はいなくなっていた。

疑いはじめる七朱の意識を、ふわりと宙を舞う犬の毛と、板の間のすみに置いたままの汚れた荷物が否定した。

（……夢やったんかな）

水も飲まずに広場へむかうと、回収車は二台とも、まだそこに停まっていた。小さな子どもたちが数人、車によじのぼろうとしてはすべり落ち、はしゃいだ笑い声をあげている。それを見守る乗員や火狩りのすがたもあるが、きのう見たよりも犬の数が明らかにすくない。たしか山の上の村へむかう者たちがあるのだと、赫二が言っていた。森にいる木々人たちも同行させるのかもしれない。

広場にいる火狩りたちの中に、赫二のすがたをみとめられないのがわかると、七朱はつま先のむきを変えて畑へむかった。童《わらし》さまが消えても、じいちゃんが死んでも、日々は変わらない。新しい王が誕生しようと、同じように働かなくてはならない。

畑仕事をする者たちは、いつも以上に口数がすくなく、いつも以上に七朱から距離を置いていた。家から新たな死者を出した死にぞこないと、目をあわせることすらはばかっているようだった。

七朱のほうでもだれとも口をききたくなかったので、畑のいちばんすみっこへ捕まえた虫を集めては、棒切れをすりこ木がわりにしてつぶしつづけた。一匹ずつ、翅《はね》や脚をむしりとり、逃げようともがくところを念入りにたたきつぶし、死んだ虫たちが原形をとどめなくなるまで細かくして土にまぜこんだ。

はた、と茶色な蝶《ちょう》が一匹、汗ばんだ頰にとまり、虐殺を遂行している七朱の皮膚を細い脚の先でつつくと、捕まる前に飛び去った。

あれは、じいちゃんが死んだとき、家の中にいた蝶ではなかったか。

祖父を看取《みと》ったのかもしれない虫を目で追おうと顔をあげ、その拍子に日差しが目を射た。

まぶしさに一瞬めまいを起こし、七朱はうつむいて、ひざのあいだに頭をはさみこんだ。……そういえば、朝から水も飲んでいないのだった。そろそろ正午もすぎたころだろうか。畑のむこう側にいた子どもたちのすがたがない。家へ食事を摂りにもどったか、あるいは炊き出しのおこなわれている広場へむかったのだろう。

家へ帰っても、食べるものはなにもない。ふらふらと立ちあがると、七朱は車が停まっている広場のほうへむかった。

いつもの回収車とはちがうのに、やはり広場はどこか祭りのようににぎわっていた。回収車の乗員が、村の大人たちと打ち解けたようすで食事をともにしながら語りあい、火狩りたちは犬に芸をさせたり、小さな子どもを高く抱きあげて歓声をあげさせている。

その光景の中へ、七朱は立ち入ってはゆけなかった。草の汁と土で汚れた足を引きずり、気がつくと墓地へむかっていた。

童さまが消えて以来、からっぽの祠《ほこら》に見守られた墓地を、なんとはなしにみなが避けるようになっていた。墓地のわきを流れる川面《かわも》は、きらきらとまぶしい陽光をたたえている。今年は雨がすくないが、それでも繭の村と機織りの村を結ぶこの川は、干あがらずに流れつづけていた。

川の水で洗い物をしている女房を横目に見つつ、墓地へ踏み入りかけた七朱は、はたと足を止めた。

赤いうしろすがたが、墓石のほうをむいてうずくまっている。そのかたわらには、背すじを堂々と伸ばしたあの灰色の犬が、座って寄りそっていた。

七朱の気配にすばやく気づいて、犬がふりかえる。犬の動きにつられて、子どもが顔をあげる。ふりむいたその顔は、自分と同い年ほどの少女だ。少女は立ちあがり、七朱にむかって会釈をした。その足もとの墓に、新しい花が供えられているのが見えた。じいちゃんの墓だ。

「お参りさせてもらいよったん」

七朱にむかって、少女がそう言う。気の弱そうな声だった。布が作る陰に隠れているのに、その目はやはり知らない遠い場所とつながっているように思えてならなかった。

だが、きのうほどそれをおそろしいとは感じなかった。赤ん坊のときに親に目をつぶされたというじいちゃんが、もしもまぶたを開くことができていたなら、そこにあったのは、こんな目だったのではないだろうか――

「これだけ、新しいから、お花を……だれの？」

火狩りの赫二とも、作業服を着た乗員たちともちがう、村の人間の言葉だった。

「……おれの、じいちゃんの」

七朱に警戒していた灰色の犬が、やがて緊張を解いてかたわらの少女を見あげた。悲しみははじめからその両の目に宿っていた。ほたるが〝灯子〟と呼んだ少女は、底の知れない水のように、ただこちらの言葉やしぐさを深く呑《の》みこんでゆく。

機織り小屋から、規則正しい織り機の音が響いてくる。

「お前、炎魔って、見たことあるか？」

問うと、灯子はこくりとうなずいた。

「狩りをやったことは？」

黒い二つの沼のような目が、とまどいを浮かべてこちらを見つめる。頭からかぶった布のはしをにぎる手が、小刻みにふるえていた。緊張からふるえている、というのでは、どうやらなかった。痙攣《けいれん》だ。なにかの病にかかっているのかもしれない。

「……狩ったことは、ない」

灯子は自分の言葉を注意深く空気に染みこませるように、そうこたえた。

かたわらの犬が七朱に顔をむけたまま舌で鼻を湿す。——と、体を支えるように灯子のとなりにいた犬が、ふいにぴくりと顔をあげた。耳を一方向へむけ、四肢をつっぱってつづけざまに吠《ほ》える。おどろくほど空気を揺さぶるその声が伝わって、広場にいた犬たちもいっせいに吠えはじめる。犬たちの声によって、昼さがりの村の空気がかき乱される。規則正しい機織りの音が支配しているはずの大気が、体格も種類も雑多な獣たちの鳴き声に満たされ、七朱の背すじをおののきが走った。

「かなた？」

灯子がかたわらの犬に問うたのとほぼ同時に、犬が駆けだした。見えない綱に引かれるかのように、灯子がそのあとを追う。たよりない体からは想像できないほどに、その足は速かった。七朱はなにごとかわからないまま、あわてて犬と少女を追いかけた。

回収車を迎え入れたあと閉ざされている村の門の内と外で、犬たちがさかんに吠え立てている。門の外、森のほうから、人の悲鳴が聞こえた。

「はなせ、はなせえっ！　痛い痛い、腕が折れる、痛いぃっ！」

わめき立てる声を、七朱は知っていた。門の外になどいるはずのない、老婆の声だ。守《も》り神《かみ》さまの祠の前か、女たちが働く機織り小屋にいつもいるはずの……

「開けろ！」

門の外から男がさけぶ。武器に使う長い棒をにぎって番をしていた村の男が、そばにいる火狩りたち、乗員たちと目配せをしあい、門《かんぬき》に手をかけて薄く門を開ける。中へすべりこんできたのは、火狩りに両腕をつかまれたおクドだった。

騒ぎを聞きつけた者たちが、仕事の手を止めて広場へようすを見に集まってくる。

「このばあさんが、すきをついてぬけ出してきやがった。危うく炎魔の前におどり出るところだ」

おクドの腕をつかんだ火狩りが、門番にむかってすごむ。

「はなせぇ……童さまが、もうもどりなさらん。姫神さまもおりなさらん。もう、もうたくさんじゃ。もう、生きておるのはたくさんじゃ……」

半狂乱でわめいて、おクドは幼子のように声を張りあげて泣きだした。

「おばあちゃん！」

集まった村人たちの中から、おクドのもとへ駆けよったのはほたるだった。火狩りたちに戒めを解かれ、くたりと地面にくずおれるおクドの肩をつかむ。七朱はそれを見て、そっと息を呑んだ。この村のだれよりつらくあたりつづけたおクドに、ほたるがまっ先に手をふれた。かばうように、おクドの頭を自分の胸にかかえこもうとする。

「……なにがあったんですか」

門から入ってきたばかりの火狩りたちを見あげて、ほたるが尋ねる。声を上ずらせているほたるの腕の中で、おクドは非力な子どものように背中をまるめて泣いていた。

「こっそり村をぬけ出して、自分から炎魔に食われようとしたのだ。危なくて仕事にならん、どこかに閉じこめておけ！」

火狩りが、ほたるをどなりつける。

まるで、ほたるが悪事を働いたかのようだ。ちがうのに。よそから嫁に来たほたるを、いつもいじめつづけてきたのがその老婆なのに。

七朱は、耳から音が退いてゆくのを感じた。火狩りたちのどなり声も、騒ぎたてる犬たちの声も、かん高く泣くおクドの声も、遠くへ聞こえなくなってゆく。世界が、ごくゆっくりとしか動かなくなった。まだ外に火狩りがいることに備えてか、門に門はかけられていない。

もうたくさんだ。こんな村にいるのは──そう身に染みて思ってきたのは、自分や祖父のほうだったはずだ。そう思いつづけているのは、ほたるのはずだ。

なぜ、病にたおれた自分たちを見捨てた村の者が、よそ者と蔑《さげす》んでほたるを苦しめつづける者が、こんなふうに泣くことを許されているのか、理解できなかった。

おクドを中心にした混乱はまだおさまらず、小柄な七朱が移動しても、見とがめる者はいなかった。つま先立って横木に手をかけ、力をこめて引っぱると、門扉が動いた。回収車が二台も停まっているため、村からもこちらの動きは見えていない。だれにもとがめられることなく、七朱は細く門を開け、そのすきまに身をすべりこませることに成功した。

なぜそんなことをしたのか、頭はなにも考えることができていなかった。

はだしの足から脳天へ、激しいふるえが走りぬける。鼻が、目が、耳が皮膚が、命の危険を察知する。甘ったるい腐敗臭が息を止めさせ、視界が青黒く染まるのを感じながら、七朱は無我夢中で門を閉めた。

意味のわからない悲鳴をもらしつづけている──そう思ったが、七朱ののどはかすれた音すら出すことができていなかった。

　とりかえしのつかないところへ来てしまった。体がふるえ、腰をまっすぐに起こすことができなかった。想像もしなかった森の暗さに、体の平衡感覚を失う。門を隔てた村では、あんなに日差しがまぶしかったのに。

　どちらへむかおうとしているのかもわからないまま、七朱は歩きだした。白い門と塀から、村を守る結界からはなれた。わずかも行かないうちに、強いめまいが襲った。ぬらぬらと足の指につめたい土がねばりつく。木々はどれも灰色と黒のまだらに覆われ、大地から逃げ出そうともがくかのように痛々しくねじれている。

　ほんの一歩のことだった。立ち入ることを禁じられた黒い森。人を襲う炎魔が闊歩《かっぽ》する、踏み入ればたちまち命を落とすと言われる森へ、七朱はたやすく入ることができた。村ではまぶしい日差しが足もとに濃い影を生んでいたのに、森の中に陽はささない。黒い枝葉が天を覆い、どんよりとした暗さを七朱の目の中にまでにじみこませてくる。

　どこから来るだろう。森にはさまざまな獣の形をした炎魔が棲《す》んでおり、人のすがたをみとめるや否や、襲いかかってくるのだという。牙《きば》で、爪で、確実に食い殺しにくるという。はだしで、丸腰で森へ迷いこんだ七朱を、炎魔はどんなすがたで、どこから襲ってくるだろう。いつ。むこうの木まで七朱が達したときか、それともその先の斜面へさしかかったときか、あるいはいますぐか。

　頭の中へ心臓が移動したかのように、脈にあわせて視界も思考も明滅した。見向きもされず、だれにもたすけてもらえないまま死んでいった家族が一人ずつ、脳裏に現れては消えた。病弱だった一つちがいの姉。いちばん上の兄。姉。母親。父親。長兄よりも背が伸びていた二番目の兄。みんな、謝りながら死んでいった。わが子を救おうと欲を出したせいで、こんなことになったと。自分がこんなに弱い体に生まれなければ、家族を苦しませずにすんだのにと。末の七朱を残していってすまない、許してくれと、謝りながら死んだ。

七朱は村の人間が怖くて、たすけてくれと言うことができなかった。家族をみな死なせ、たった一人残ったじいちゃんも、死んだ。七朱だけが残っている。だからいまだに、よくないことが起こるのだ。七朱がちゃんと死にぞこないでなくなれば、そうすればきっと——

突然、両足がかたまった。なにかがそでを引っぱる。はじかれたようにふりむくと、そこには炎魔ではなく、灯子がいた。

まっ暗な沼のような双眸《そうぼう》が、まっすぐこちらをのぞきこんでいる。頭にかぶっていた布はどこかへ置いてきたのか、つややかな髪も太い眉《まゆ》もあらわになっている。七朱の村にまぎれていてもわからないほど素朴な顔立ちだが、黒い森の中にいてもなお、やはりその目の黒さは際立っていた。

「もどろう」

墓の前でしゃべった、その口調となに一つ変わらない。そばには、あの犬もいた。自分を追って門を出てきたのだと、七朱は数秒かけてそれに気づいた。うしろをついてくる気配を、七朱はまったく感知できなかった。

「危ないよ。もどらんといかん。ほかに、だれぞおるん？」

静かに、灯子が言う。七朱は無理やりに呼吸をして、かぶりをふった。そのときはじめて、自分が泣いていることを知った。

おそろしかった。この森も、そこへ入ってしまった自らの行動も、おクドをかばうように駆けよったほたるも、村の中にいるときと変わらないまなざしでこちらを見つめる灯子も。そのおそろしさが腹の中いっぱいに満ちて、声も出せず、ただかぶりをふるばかりだった。七朱のその反応に、灯子の眉がかすかにこわばる。

言葉をかけることをあきらめて、灯子が七朱の手をつかんで引っぱろうとする。その手はやはり小刻みにふるえつづけていて、そのあまりに痛々しいふるえに、七朱のおののきは消え入っていった。この少女は、体のどこかを病んでいるにちがいない。――

つぎの瞬間、犬が吠えた。ギィ、と真上から声が降ってくる。体が引き裂けたかと思えるほど、七朱は恐怖し、そしてまばたきを一度もできない目で、枝の上からこちらを見ているまっ黒な猿を見た。黒い体毛。敵意をぎらつかせた目と、口からのぞく牙。

炎魔がうめき、灯子の犬が全身に緊張をみなぎらせる。

灯子が七朱をうしろへつき飛ばした。猿が落下するほどの勢いで、幹をおりてくるのだ。凶暴な顔つきになった犬が牙をむき、敵を迎える体勢をとる。

とっさに手を伸ばし、灯子の着物をつかんだ。そこに立っていては、灯子の真上へ炎魔がおりてくる。灯子を自分のほうへ引きよせながら、獣から目をはなさずに後退し、そしてふいに、七朱の足の下から地面が消えた。隆起した木の根と暗い色彩に隠れて、崖《がけ》になっているのが見えていなかったのだ。

重力が、二つのちっぽけな体を捕らえる。

七朱が灯子の服をつかんだまま、二人はもろともに斜面を転がり落ちた。あちこちに痛みが生じるが、それはあっというまに混乱の一部として溶けていった。

めちゃくちゃに乱れ飛ぶ視界に、灯子の犬が炎魔に飛びかかるのが、何度か見えた。

水の流れる音がする。

まぶたを開けても暗闇が去らないので、七朱は目を失ったのかと思った。じいちゃんと同じように。幾度かまばたきをくりかえすうち、体が痛みを訴えはじめた。痛みとともに、ぼんやりと視界が回復する。が、見えはじめてもあたりは暗いままだった。

手足の指が動くことをおそるおそるたしかめていた七朱は、全身で脈を打つ痛みを瞬時に忘れ、一気に体を起こした。

「と、灯子？」

左右を見まわすと、すぐ手のふれるほどそばに、灯子の顔があった。目を閉じて体の力をぬき、横たわっている。長い髪が乱れ、頬に見えるまだら模様が汚れなのか傷痕《きずあと》なのか、判別がつかなかった。灯子が息をしていないように見えて、こめかみが凍《い》てつくようにしびれた。七朱は背中に手をふれて灯子の体を揺すろうとし、はっと息をつめた。もし大きなけがをしていたら、下手に動かしてはならない。

「ご、ごめん……ごめん」

どうしてよいかわからず、わななく声で言うと、まるでそれを待っていたかのように、

「……なに？」

眠そうな声を発し、灯子が目を開けた。幾度かまばたきをし、不思議そうにこちらを見る。七朱の全身から、力がぬける。灯子は顔をしかめながら体を起こすと、周囲へ視線を走らせた。

「落ちてきたん……？」

灯子の顔が上をむく。木の根や石がぼこぼこと顔を出す急斜面を、七朱たちは転落してきたのだった。そばに小川と呼ぶにも貧相な水の流れがあり、なかばその中に寝転がっていた七朱は、体の半分をぐっしょりと濡《ぬ》らしていた。

どれほどの時間、ここで目をまわしていたのだろう。襲いかかってきた猿の炎魔も、応戦した犬のすがたもここからは見えない。獣たちの声さえ聞こえてこなかった。

立ちあがろうとした七朱のそでを、灯子がぐっと引っぱった。

「動いたらいかん。……きっと、かなたがたすけを呼びに行っとるから。動いたら、炎魔に見つかる」

「で、でも、さっきの」

先ほどの炎魔によって、もし犬がやられていたら――？

しかし灯子は、気弱そうな顔にかたくなな表情を宿して首をふる。

「あれくらいの炎魔に、かなたは負けたりせん。たすけを呼びに行って、連れてくる。動かんと、待っとらんといかん」

声音を低めて重々しく言うが、灯子のあごもふるえていた。七朱はぺたんと、その場に腰を落とす。

「なんで……お前まで、出てきたんや。ほっとけばええのに……」

すると灯子が、小刻みにふるえつづける手をぎゅっとにぎりしめた。

「そっちこそ」

か細く抑えた調子だった声音が、大きく波打った。

「そっちこそ、なんで門から出たりしたん。なにを考えとるんじゃ、ばかたれが！　あのばあちゃんは、ちゃんともどってきとったろうが。まだだれぞ森におるんなら、火狩りに知らせんといかん！」

突然の灯子の剣幕に、七朱は完全にあっけにとられた。どうやら灯子は、七朱がおクドのほかに門の外へ出た者を呼びもどすためぬけ出したのだと、かんちがいをしているらしい。自分だって、犬だけを連れて出てきてしまったではないか。……そう思ったが、灯子があまりに怒っているので、言わないでおいた。

「ち、ちがう……おれ、なんも、そんな」

「ちがうんなら、なんじゃ。ひょっとして、あのばあちゃんみたいに、自分で炎魔に食べられようと思うたん？　やっぱり、ばかたれじゃ」

あまりの言いように、七朱は思わず灯子の顔をにらんだ。視界のきかない森の中で、必死に灯子を見つめた。

「ちがう、あんなやつ……あいつは、ほたるちゃんのこと、ずっといじめよったばあちゃんなんじゃ。あんなやつといっしょになんか」

「そんなら、なんで森に入ったん！」

灯子は腰を浮かせかけ、足が痛むのか顔をしかめて、ふたたびその場に座った。

「……ごめん」

ぽつりと、謝ることしかできなかった。そんなことは絶対にありえないのに、兄や姉や両親がもどってきたような安堵感《あんどかん》が押しよせ、同時に自分のせいで灯子を危険にさらしているという焦燥感が神経を焼いた。灯子に、一つちがいだった姉に似たところがないか探そうとしている自分に気づき、七朱は恥ずかしさに激しく頭をふった。

やがて二人は、炎魔からすこしでも見つかりにくいよう、崖を背にしてならんで座った。どちらもあちこちをすりむき、あざだらけになってはいたが、骨はどこも折れていないようだった。

それぞれ、自分のひざ小僧を見つめて、じっと押し黙って息のつまる時間をやりすごした。ちょろちょろと、二人のつま先のむこうをたよりない水の流れが駆けてゆく。

「……ほたるさんのこと、心配しとった」

消え入りそうなほどかすかな声で、灯子が言った。七朱は自分が責められた気持ちがして、奥歯をきつく食いしばった。だが責められるとすれば、森へ入りこんだあげくにこんなところへ転落したことをこそ責められるべきで、なぜいま灯子がほたるの名を出すのかがわからなかった。

「厄払いの花嫁さんて、どういうあつかいをうけるんじゃろうと思うとったん。一人っきりで行きなさったから。いっしょに乗っとった花嫁さんたちにもわたしにも、親切にしてくれなさったのに、まっ先に一人で行かんとならんかった。もう会われんと思うとったのに、また会えたよ」

灯子のかすかな声は、七朱にではなく、もっと遠くのべつのだれかへ語りかけているようだった。遠くの――まるで、親しい死者に話しかけているような声音だった。

「ここで友達ができたから幸せじゃと、そう言うとりなさった。七ちゃんていう友達じゃ、て、うれしそうに言いなさるん。……あんたのことじゃろ」

灯子の目が、ふうとこちらへむく。まっすぐな視線は、しかし手と同様に小刻みに揺らいで、しっかりとさだまってはいない。七朱は見られていることが耐えがたく、くちびるを嚙《か》みしめて視線をそらそうとした。

ただでさえ暗い森の中が、さらに闇を濃くしてゆく。日が暮れかかっているのだろうか。

七朱は目の前を流れる水につま先で軽くふれ、すぐに足を引っこめた。つめたい。濁りはみとめられないが、この腐敗臭の満ちる森を流れる水だ。川床の土はぬめぬめとふやけたかさぶたじみており、石にも黒いまだらがこびりついている。とても飲めそうにはない。

と、となりに座っている灯子が、そっと四つ這《ば》いになった。片手を伸ばし、すくいとったそれを口へ運ぶ。水を飲みくだして灯子ののどが動くのを、七朱はあぜんとして見ていた。

「……の、飲んで、平気なんか？　毒かなんか……」

ひざをにじり出す七朱を、灯子がふりかえった。主《あるじ》がそばにいない犬のように表情のない子どもだと、七朱はなぜだか悲しくなった。

「平気じゃ。変な味はせんよ。のどがかわいとるんじゃろ」

灯子が手にすくった水を、もうひと口飲む。

となりへならんで口にふくんだ水は、蜜《みつ》でも溶かしてあるのかと思うほど甘かった。単に七朱が飲まず食わずで、かわきのために目をまわしかけていたから、そう感じたにすぎないのだろう。しかしその水のうまさに、七朱は混乱した。自分に水をくれる者がいようなどと、これまで想像したことすらなかった。七朱は病で死んだ家族の、死にぞこないだというのに。……

そのときあたりが、ふと明るくなった。

なにごとかと顔をあげる七朱たちの視界いっぱいに、舞い飛ぶ翡翠色《ひすいいろ》の光が飛びこんできた。空気に明かりを染めつけたかのような、小さな光の群れが、流れる水に映りこみながら複雑な軌跡をえがいて舞う。

蛍だ。

小さな虫たちが、その体に力強い光をともして飛び交っているのだった。水辺を慕って、虫たちの光が病みはてた黒い森をほのかに照らす。

黒い森に、こんな虫がいるとは思わなかった。村の外は火狩りか木々人でなければ生きのびられない、死の世界がひろがるばかりなのだと思ってきた。

村に虫がいないことを、ほたるは残念がっていた。虫を飼っていれば、蜂飼いの村へ嫁いだ友達を毎日思い出せるのにと。――この光る虫たちが、村へ来てはくれないだろうか。村を流れる川にも、こんなふうに飛んでくれれば……きっとほたるが、よろこんでくれるにちがいない。

七朱は虫を捕らえようとして手を伸ばし、けれどもなにもつかまずに指をにぎりこんだ。この手は、昼間にほかのたくさんの虫をつぶした手だ。そんな手でこの美しい光る虫を仲間から引きはなすことは、どうしてもためらわれた。

ほう、ととなりで、灯子がかすかなため息をついた。うっとりと目を細め、見まちがいでなければ、口もとが幸せそうにほころんでいた。

犬の声が、奇妙にくねる木々のむこうから響いてきた。

「――かなた！」

灯子が立ちあがる。森の中は暗く、音はでたらめに反響して感覚をまどわせるのに、灯子はまちがえずに犬たちの来る方角へ顔をむけていた。

密生する木々のむこうから、虫たちのそれとはちがう、黄金色の光が近づいてくる。その照明のもとを、二頭の犬が走る。

灰色の犬と先を競うように、耳の折れた若い犬が駆けてくる。つむぎだった。

「おーい、無事か？　まったく、人騒がせな」

犬たちのあとから、弱い照明をかかげた火狩りがやってくる。赫二の生白い顔は、やはり森の風景には不つりあいだった。だがその手にはむき身の鎌がにぎられており、丸顔の男がまぎれもなくここでの狩りを生業《なりわい》とする者なのだと物語っている。

「けがは？　お前たち、どっちも歩けるか？」

七朱は灯子がうなずくのを見届けてから、同様の返事をする。

「よし。とにかく村へもどるぞ。まったく、狩りだけでへとへとだというのに、人探しまでさせやがって」

「……ごめんなさい」

前を行く火狩りは、しかし、軽い調子で笑った。

「すまなく思ってるんなら、お前、やっぱりおれに弟子入りしないか。森へ迷いこんで生きのびたんだ、縁起がいい。つむぎも、お前のにおいはしっかり憶《おぼ》えたしな」

思わず立ち止まった七朱の手を、灯子がにぎった。……一つちがいだった姉の手と似ている、そう思ったのは一瞬だけで、その手はこちらが不安になるほど、つねに細かくふるえていた。

翌朝早く、回収車は出発した。

ほたるは、再会したときと同じく灯子と抱擁を交わし、かなたになにごとかをしっかりと言い聞かせて見送った。

村には赫二とつむぎが残り、火狩りと狩り犬は、七朱の家に住みつくことになった。童《わらし》さまはやはりいないまま、しかし村には、火の恵みを狩る者とその犬がもたらされた。

この先の世界がどのようになってゆくのか、七朱には想像もつかない。しかし、この結界の中にある、七朱のちっぽけな世界は、こうしてまた死にそこなった。

生きのびた。

第二話　入らずの庭

二十七名の生徒が閉めきった室内に居ならんでいても、教室の中は寒かった。

丹百《にお》はかじかむ手に息を吐きかけてこすりあわせ、もっと着こんでくるべきだったと後悔した。今年は去年よりも、寒くなるのが早い。

教卓のむこうで教師がしゃべっている。丹百の苦手な文学の授業だ。この二週間、教材となっているのはだれか昔の人間が書いた架空の物語で、世界を一度壊滅させた最後の戦争よりもさらに古い時代に書かれたものだということだった。はるか昔の時代の、戦時下で生きる人物たちの物語だ。

退屈な授業だ。人間が最終戦争以前にも争いをくりかえしていたという歴史に嫌気がさすし、それを題材にしてのんきに創作した物語など書いていたことが信じられない。大体、自分で考えた実在しない人物たちが演じる虚構の物語を文字にして、それを他人に読ませようとは、書いた者は相当な厚顔無恥なのではないか。

椅子の上で寒さに身を縮めながら、丹百の意識は授業からはなれ、教室の外、学院の下を流れる水路へとこぼれ落ちていった。

首都では、人の命がひどく安い。世界がまるごと滅びるような戦争状態にこそないとはいえ、町で、工場地帯で、人が病みつき、虫けら同然に死んでゆく。この学院で学べるほど裕福な家の子どもたちに、そのような現実が降りかかってくることなどまずないが、それでも多くの学生がゆがみに目を背けながら日々を送っていた。

この世界はおかしい。

だがなにが狂っていて、どうすればそれを正せるのか、わかっている者などきっと一人もいないのだ。丹百にだってわからない。むごたらしく死んでいった者たちは、生きる力がたりなかったのだ……そう納得することでしか、自分が生きていることを肯定できない。

──たすけてくれ。

にらみつけるようにこちらへむかってさけんだ男の顔がよみがえった。大きくむかれた目。獣のように歯列をのぞかせた口。……

とん、とうしろから肩をつつかれた。

ふりむくと、ほっそりとした指にはさんだ紙きれがさし出されていた。視線を自分の帳面にむけたまま、口のはしをくっきりと持ちあげて笑っているのは、紅美子《くみこ》だ。この顔は、またなにか悪だくみをしているにちがいない。丹百は教師に見つからないよう小さく折りたたまれた紙をうけとると、漫然と板書を写していた帳面の上で、そっとひろげた。

『放課後、旧道に集合せよ』

きりりと意志の強そうな文字で、そう書いてある。紙きれのすみにほか二名の級友の署名がわりのしるしがあるので、丹百が最後にこれを読んだということになる。

退屈な授業にむきなおりながら、ふたたび紙を折りたたんで、ポケットにすべりこませた。


銀色に曇った空を、煤色《すすいろ》に濁った煙が流れてゆく。

学院の尖塔《せんとう》が、排煙も曇天も切り裂こうと言わんばかりに鋭くそびえている。

外へ出ると、ひえきった風にぶるっと身ぶるいをした。しかし教室から荷物を持って階段をおりてきたおかげで、いくらか筋肉がほぐれ、外のほうが寒さがしのぎやすい気さえした。

仲間たちとは、別々に集合場所へむかわねばならない。時間もすこしずつずらすのが好ましい、と以前紅美子から指示されたので、中央書庫にでも立ちよってから旧道へむかおうかと考えた。

正面玄関から吐き出されてゆく生徒たちを見やりながら、歩きだそうとしたときだった。

足早に坂の下へむかう一人の生徒が視界に入った。眼鏡をかけた少年は、同じ教室で学ぶ生徒だ。だれにも見向きさせず、かばんをかかえて歩き去ってゆく。坂の下——すなわち貧しい人間の暮らす区域へ帰ってゆく者は、学院にはあいつしかいない。ここで多くのことを学ぶ特権を持つのは、豊かな家の子どもばかりだ。豊かであるということは、その日その日の自分たちの生活にあくせくせずともよく、遠い未来のため、ものごとを考える余裕があるということだ。貧しい者にはわが身のことと、今日明日のことしか考えられない。富める者が多くを学び、他者を動かす力を得なくてはならない。それがこの学院で学ぶ、富裕層の子どもたちの特権だ。あいつだけが、貧しい身分であるにもかかわらず、学院に特待生として席をあたえられている。

家には病気の家族がいるらしいと、いつもまっすぐ帰宅するすがたを見て級友たちがうわさしていた。ほんとうかどうかはだれもたしかめていない。単に中央書庫の閲覧権を持っていないからではないかと、丹百は思っている。

それでも、もしうわさのとおりに家族が帰りを待っているのだとしたら——それはそれでこのうえなく贅沢《ぜいたく》なことだと、丹百はそうも思う。

町の下層へ去ってゆくうしろすがたを見送って、なんとなくいやなことを思い出し、丹百は自分の思考をふりはらうように中央書庫へむかった。

「一体、今度はなんの話なんだ？」

四人がそろうなり、陽九《ようく》が腕組みをして首をかしげた。

ふふ、ともったいぶって笑ってから、紅美子は旧道に集まった仲間たちに猫のような視線をむける。丹百と紅美子、火輪《かりん》、陽九。居住区の南側、巨大水路に面する崖《がけ》の上に放置されたままの旧道に集まった四人は、寒さのためにそろって鼻を赤くしている。

「先生が、こんな落とし物をされたんだ」

紅美子がかばんからとり出したのは、小ぶりな手帖《てちょう》とくびれのない瓶だ。

「……植物？」

寒さをすこしでも追いやろうと小さく飛びはねていた火輪が、ひざをかがめてのぞきこむ。

小さな筒型の瓶には、極微の葉とも苔《こけ》ともつかない緑が付着した木片がおさまっていた。金属の蓋《ふた》がされた瓶は密閉状態だが、不思議と中の緑は生きているように見えた。

「また、くすねてきたんだろう」

丹百は、紅美子にむかって顔をしかめてみせた。こんなものを落としておいて、気がつかないはずがない。紅美子は教師の忘れ物、あるいはただ置いてあるだけのものをこっそり拝借してきては、それについて調べることを〝自主学習〟と称した趣味にしていた。紅美子がほかの生徒にくらべ、独学での知識が飛びぬけて豊富なのは、この決してほめられない趣味のおかげでもあるのだ。

にこりと笑って丹百から視線をはずし、紅美子は小瓶を火輪の手にあずけた。そうして手にした手帖を、ぱらぱらとめくる。

「そう、これは植物。だけどどうやら、ただの植物ではないらしい」

ページに目を走らせながら言う紅美子のとなりで、陽九が丹百にむかって肩をすくめてみせた。こうなったらいつもどおり乗るしかないのだ、というあきらめのしぐさだった。

「新種とか？」

丹百が問いかけると、紅美子はまた、人の耳をくすぐるような声で笑った。

「ちがう。そんな程度なら、招集をかけたりしないさ。暁七《ぎょうしち》先生が机に入れておられるのを、偶然見てしまったんだ。どうにも気になると思って、いっしょにしまわれていたノートを見てみたら、このとおり――」

堂々と自分の行為を語る紅美子に、丹百たちはこっそり目を見交わす。

「この植物は、木々人の体の一部であるらしい」

知的好奇心をあらわにした紅美子は、どきりとするほど野性的な顔をしている。

「……木々人？」

陽九が片方の眉《まゆ》を持ちあげた。黒い森に住むという民のことなら、初等科の授業で学んだ。炎魔に襲われない特殊な体を持っており、森に埋もれた村の人間や、狩りをおこなう火狩りをたすけるのだという。人間とは異なる体を持った、神族の配下にある民――神々の眷属《けんぞく》だと学院で教わっている。

瓶の中のかたまりは、大きな魚の鱗《うろこ》のようにも見えた。

「だけど、なんでこんなものを先生が持ってるの。首都の隔離地区にも木々人はいるそうだけれど、立ち入りは禁じられているんでしょう」

火輪が手の中の瓶をかかげる。隔離地区へ入ることは禁じられているし、そのはっきりとした場所すら知らされていない。……ひょっとすると、それなりのつてがあれば知ることができるのかもしれないが。

「これは、木々人の皮膚かなにかか？　それとも、もしかして指か？」

陽九の問いに、火輪がひくっと身を縮めた。瓶を持つ手を伸ばし、わずかでも体から遠ざけようとする。

「もったいぶるなよ。ほかにはなにが書かれているんだ」

陽九が、あきれまじりにため息をついた。

紅美子のこの趣味にほかの者がつきあいはじめたのは、今年進級してからだ。それまでにも紅美子が一人でこんなことをしていたのか、本人が言わないのでわからない。ただ、そのこまった趣味につきあうおかげで、丹百、陽九、火輪の成績はあがってもいた。紅美子に導かれる〝冒険〟のために自分たちで集める知識が、教室で学ぶこと以上に丹百たちの身についているのだ。教師たちは、教えたこと以外の知識を着々と蓄えてゆく丹百たち四人を、探求心豊かだと評価した。

それに、丹百にとって、紅美子につきあって四人でいっしょにいるときが、なにより も自由を感じられる時間なのだった。

「指ではないよ。体に生えたこぶの一部らしい。ではなぜ、暁七先生はこんなものを持っていたかというと、大胆にも隔離地区へ忍びこんだらしいんだ」

手帖に書かれたことを読みあげる紅美子の言葉に、丹百たちは目をみはる。

「隔離地区の正確な場所は、ここには書かれていない。でも先生は神族に訴えるべき重要なものを見たのだという。いざとなれば抗議の材料に使うため、これを持ち出したのだそうだ」

「だけど……」

火輪の大きな目が、不安そうに工場地帯のむこうへむけられた。

海に面する工場地帯の最奥、急峻《きゅうしゅん》な山の中腹。そこにいだきこまれ、神宮が遠く光っている。寒々とした灰色の雲に空は覆われているのに、神宮の上だけまるで雲がまるく割れ目を開けているかのようだ。碧瑠璃《へきるり》の屋根のあざやかさが、この距離からでもくっきりと見える。

「どうしてそんなものが、抗議の材料になるの？　それにもし先生が木々人の体を傷つけたのだとしたら、そちらのほうが問題になるのではないの？　木々人は、神族がだいじに育てている種族なのでしょう」

いつのまにか、寒さなど忘れていた。丹百は火輪が持っている瓶の中身へ顔を近づけ、食い入るように見つめた。

「それだけのことをする価値があると信じると、先生は書かれているよ。――さて、そこで」

紅美子が、パタンと音を立てて手帖を閉じた。

「隔離地区へは、一般の人間でも入れるというわけだ。わたしはいままで、木々人の居住区は神宮の奥深くにでも隠されているのかと思っていた。しかし、先生の書かれているとおりならば、ちがう。隔離地区は、工場地帯のどこかにあるらしい。入り口を見つけさえすれば、入ることができる」

紅美子の目が、狡猾《こうかつ》そうに細められる。化粧をしていないのに、目じりは朱に染まり、十五歳という年齢よりはるかに大人びて見えた。

「わたしたちは、神族の弱みをにぎることができるかもしれないということ」

その言葉に、丹百は腹の底からぞくりとふるえが駆けあがるのを感じた。ほかの二人も同じだろう。陽九も火輪も、まなじりをこわばらせたまま息すらひかえている。

「……こんな場所で話す内容じゃないだろう」

陽九が、慎重に声音を抑えた。

入り組んだ建物群と煙突、金属製のロープが網の目状に交差する工場地帯。その一切を静かに見おろす位置に建っている神宮。……あの輝く瓦《かわら》をいただいた建築物の中にいる異能の統治者集団に、丹百も陽九も火輪も、そして紅美子も疑念をいだいていた。あそこにいる統治者たちは、ほんとうに人間の味方なのか。自分たちは、神族の利益のために生かされているにすぎないのではないか……。

それを表立って口にすることは禁じられている。いつどこで、神族が見張っているかわからないからだ。町の治安維持のために配備されている警吏にも、神族の息がかかっている。神族に歯向かおうとする者は罰せられ、投獄されるか、身分や職を失って貧民区に流れるほかなくなるとまことしやかに言われている。そのように信じられている。だからいつも、息がしにくいのだ。

「ここで話して平気でなければ、この先の計画は実行できないからね」

かたまっている火輪の手から小瓶をとりあげ、紅美子が毅然《きぜん》とあごをあげた。襟巻におさまっていた長い髪が、風にあおられてなびいた。

「ついてくる者は？」

紅美子の問う声は、寒さよりもさらにつめたく澄みきっていた。

だれもこたえなかったが、返事は決まっていた。

「日が短くなってきた。もっと早く帰宅しなさい」

食器のふれあう音だけが響いていた食卓に、突然、声が降ってくる。厳格さを演出しているのだろうその声は、けれども、丹百をうんざりさせる効果しかなかった。

切りわけた肉を口へ運ぶ父の目は、不誠実な家臣のおこないを探ろうとする貴族か王のようだ。

母が食事の手を止め、瞬時に巣を張った緊張感のとぎれ目を見つけようと視線をさまよわせる。部屋のすみには使用人がひかえており、訓練によって気配を最小限にとどめている彼女は、いやな空気にもまったく呑《の》まれずにそこにたたずんでいた。

「まだまだ首都の治安は悪い。お前はまだ子どもだ。学院からもっと早く帰宅しなさい。復習なら家ですればいい。本も教材も使いきれないほどそろえてある」

父の口調には、丹百の頭脳への落胆がひややかににじんでいた。屋敷には、とても丹百一人では読みきれないほどの本が用意されているが、丹百はそのほとんどを開きすらしていなかった。いまの成績をぎりぎりたもてているのは、紅美子たちとこっそりおこなう〝自主学習〟のおかげで、しかも友人たちから教わった知識にたよっているところが大きい。

皿の上の肉や蒸した野菜が、急激に味気なく映る。

「丹百は、お友達と放課後すごしているのでしょう？　紫煙《しえん》家や烽火《のろし》家の……どちらもしっかりとした工場をお持ちの家系ですよ。そのお友達がいっしょなら……」

とりなそうとした母の声を、酒杯の底がテーブルにあたるかたい音が止める。

「その友人たちもまっすぐに帰宅するべきだ。お前たちは将来、町と工場をせおって立つ人間にならねばならん。そのために学院へ通わせている。遊ぶひまなどないはずだ」

「遊んで……」

遊んでなどいません、そう言おうとしたのだが、丹百ののどはふさがってしまい、それ以上まともに発音することができなかった。両親といると、いつもこうだ。家族であるはずなのに、丹百はこの人たちの前で、いつまでたってもうまくものが言えない。母はそんな丹百をいつも気の毒がり、父はいらだちをつのらせている。

「学院の授業だけではたりないのであれば、家庭教師を雇ってやろう。学院をやめて、家でしっかりと勉強すればいい」

丹百は食事の手を完全に止め、皿を見つめたままゆるゆるとかぶりをふった。

「お友達とすごすことだって、だいじですよ。いずれ経営者になったときに、人との交流がうまくできなくては、この子がこまりますもの」

作法に則《のっと》った手つきで食事をつづけながら、両親がまだなにか話している。丹百にはそれがもう、人間の言葉として聞きとれなかった。部屋のふんだんな照明が、暗く感じられる。皿の上に、灰色の肉と野菜が載っている。

使用人は影のように気配なくたたずみ、両親はしゃべりながら、灰色の料理を口へ運びつづける。肉やパンや野菜や酒が、すらすらと飲みこまれてゆく。

(あいつのところなら……)

授業がおわるなり、だれとも口をきかずに坂の下へ帰ってゆく貧乏人。あいつの住んでいる家でならば、こんな夕飯はきっとありえないにちがいない。贅沢《ぜいたく》な料理がきれいな皿に盛られ、呼べばすぐに動く使用人がおり、まぶしいほどの照明がともされながら、空気は緊張感に満たされているという、冗談じみた食卓。町での食事はこんなふうではないはずだ。家族が病気であろうと満足な照明もなかろうと、きっとそこには、今日の一日を生きのびた者たちの団欒《だんらん》がある。……

いっそ、とちゅうで席を立って自室へもどろうか。衝動に近い考えが生じ、丹百の脳内をぐるぐると駆けめぐった。しかし結局、そうしなかった。くすんだ灰色の、もうさめてしまった皿の上の料理に、丹百の腹がきゅうと鳴った。

　丹百は肉をぶつ切りに切りわけ、野菜といっしょに口へ押しこんだ。がつがつと品もなく料理をむさぼる丹百を、老いた両親がじっと観察している。まるでめずらしい動物を注意深く見守るように。

　ごくり、とのどを鳴らして丹百が食べ物を飲みくだすと、父が満足げに目を細め、酒杯をかたむけた。


　計画の準備に、四日を要した。

　隔離地区があるのは、工場地帯のどこかだ。まずその場所を特定するために、紅美子と陽九がこっそり工場地帯を調べてまわった。この二人だけで偵察をおこなったのは、足が速いのと体格にめだった特徴がないためだ。縫製工場経営者の娘である火輪が調達した労働者用の衣服をわざと汚して身にまとうと、紅美子も陽九も工場で働く年少労働者と見わけがつかないほど、みごとに変装した。極端に小柄な火輪や、丹百ではこうはいかない。

　顔まで念入りに機械油で汚して、二人は工場地帯で働く者たちに、木々人たちの居場所を聞いてまわった。

「仕事の邪魔をするなって、大声でどなられたよ。こっちの正体を知ったら、きっと生きた心地がしないだろうね」

旧道脇の雑木林の中で、紅美子が報告した。今日は風があまりにつめたいので、わずかでも寒さを避けようと、足場の悪い木立の中へ入りこんでいた。が、貧相な木のあいだをほうほうと風は吹きぬけてゆき、寒さはたいして変わらなかった。

「親に訊《き》けば、きっとすぐわかったのに……」

火輪が肩をすくめるが、紅美子も陽九も黙って聞き流した。大人たちを信用しても無駄だ。いかに神族にうまくとり入って経営を安泰にするか、それればかりを考えているような連中なのだ——残念なことに、たとえ肉親であっても。そんな者たちに、自分たちのしていることを悟らせるわけにはいかない。

「成果はあったんだ、問題ない」

小柄な体を縮める火輪と反対に、陽九が肩をそびやかした。

「火輪、あんたと丹百のぶんの衣裳《いしょう》はそろってる？」

火輪は軽い風邪を引いているのか、洟《はな》をすすりながら紅美子にうなずく。

「では、明日の放課後、四人で隔離地区へむかう」

荘厳さすらこもった声で、紅美子が告げた。

決行の日、丹百たちの学級はふだんより一時間近くも早く解散となった。

紅美子がまだかえしていなかった例の小瓶を、授業時間の短縮のために使ったのだ。

物理学を教える暁七先生は、重大な失くし物をしたことへの狼狽《ろうばい》を表に出すまいと努めていたが、顔色が冴《さ》えないのは明らかだった。その日の最後の刻限が、この教師の授業だった。

紅美子のとった方法は単純で、始業前に、教卓の下へあの瓶と手帖《てちょう》をこっそり忍ばせておくというものだった。それだけであればまず生徒が疑われるところだが、いっしょにしこんだ紙垂《しで》が、教師をすくみあがらせたらしい。神族が水路わきの石塔や、森へ通じるトンネルの鳥居に飾りつける紙細工と同じ形に折った上等紙だ。紅美子が以前、進学祝いに親から贈られたという高価な漉《す》き紙で作った紙垂を、教師は神族からの警告だとかんちがいした。紅美子の思惑どおりだった。

どす黒いほど血相を変えた教師に、まだはじまってもいない授業を打ち切られ、事情を知らない生徒たちは困惑顔のまま帰路につくこととなった。

紅美子のいたずらは、ときどきこんなふうに度を越している。しかし今日これから自分たちがすることを思うと、深い興奮が湧きあがってきて、罪悪感などいだく余地はなかった。丹百は寒さなど忘れて階段を駆けおり、正面玄関をくぐった。

「……あいつ」

ほぼ同時に外へ出た陽九が、いそいそと坂の下へむかう一人の生徒を目で追う。

「ほんとだと思うか？　帰ってからは、病人の世話をしてるって」

「さあ――」

力のこもらない返事をする丹百に、陽九はいらだたしげに鼻を鳴らした。

「ほんとだとしたら、腹が立つよな。勉強に使える時間もまともにないようなやつに、成績をおびやかされつづけてるなんて」

陽九の言うとおり、あいつはどこか不気味な存在ですらあった。学院から安価で購入できる質素な制服など、着ている者はだれもいないのに、あいつは恥ずかしげもなく毎日同じ制服すがたで通ってくる。服を買う余裕すらうかがえないにもかかわらず、成績はつねに上位に食いこみ、陽九や紅美子と拮抗《きっこう》していた。

「親の仕事のせいで、教員たちがいい成績をくれてやってるのかな」

自分の体を窮屈がるように伸びをして、陽九がぼやいた。

「……それもあるかもね」

丹百はこたえながら、友人と自分をどうしても比較してしまう。陽九は頭脳明晰《めいせき》なだけでなく、身体能力も秀でている。ひるがえって丹百の成績はいつまでもふるわず、肉づきはいいのに体のどこにも伸び伸びとしたところなどなかった。

「神族の手下だもんな。あいつの父親は」

苦々しげな蔑《さげす》みが、陽九の声にこもった。

そうなのだ。あいつの父親は光と燃料を得てくる狩人《かりゅうど》で、首都にいる火狩りは全員、神族の管理下にある。貧しい身分ながら学院に席を持っているのも、その影響なのかもしれなかった。

犬を連れて森へ入り、炎魔から火を収穫してくる火狩りの存在なしには、人々の暮らしはなり立たない。だから、富裕層である工場経営者の前でも、火狩りは大きな顔をしていられる。労働者の作業服同然の狩衣《かりぎぬ》を、獲物の血で汚したままにしていても、無礼にはあたらないとされている。黒い森で凶暴な獣と命のやりとりをする火狩りたちは粗野で武骨で、丹百は彼らのことが好きではなかった。……いや、おそろしかった。

そして――その火狩りの採ってくる火にたよらねば生きられない自分たちが、自分たちを生かす仕組みが、許しがたかった。親の財力ではなく、丹百個人の素質として、陽九や紅美子、火輪に仲間と認められているのは、この神族への強い反抗心だ。

「じゃあ、あとで」

短く告げて、丹百は陽九より先に歩きだした。今日の集合場所は、旧道ではない。町の下層の労働者たちより、さらに貧しい者たちが密集して暮らす貧民区に近い橋のたもとだ。

長い髪を結いあげて帽子の中へ隠し、スカートではなく脛《すね》までの丈のズボンをはいた紅美子は、少年にしか見えなかった。しかしいくらみごとに変装しても、その頬や指先のなめらかさや白さは、やはり工場で日々働く子どもにはありえないものだった。

丹百と紅美子、陽九と火輪の二手にわかれ、別々の道をたどって隔離地区をめざす。変装をしているとはいえ、かたまって行動していてはめだつからだ。

労働者に見せかけるための衣服は、他人の皮でもまとっているようで着心地が悪かったが、丹百をいつもより速く歩かせてくれる気がした。寒さもまともにふせがない質の悪い衣服が、この冒険にはふさわしかった。

丹百と紅美子は掘っ立て小屋がひしめく貧民区を走りぬけ、機械群がうなりをあげる工場地帯を進んだ。配管や梯子《はしご》をむき出しにした武骨な建物のあいだに、神族が植えた慰霊の木が、場ちがいな緑をのぞかせている。

建物群と排煙や蒸気にさえぎられて、旧道からははっきりと見えた神宮が、ここからでは見えなかった。西側のはて、崖《がけ》の上から、動きつづける機械群を見おろしているはずだが……

「あのさ。紅美子はどうして、こういうことをはじめたの？　最初は一人でやってたんだろ？」

機械の稼働音にまぎれて周囲には聞こえないと踏み、丹百はとなりを進む紅美子に尋ねた。陽九や火輪がいっしょにいるときには、なんとなく口にしづらい疑問だった。問うたところで、こたえてもらえるかはわからなかった。それでもいまでなくては、この問いを投げかける機会はもうないような気がした。

横目でうかがうと、紅美子はすっきりと通った鼻すじを前へむけ、頬笑《ほおえ》んでいた。

「退屈だったから……首都はこんなにひどい場所なのに、安全な家できれいな服を着せられて暮らしているのが、がまんならなかったんだ」

「……退屈？」

紅美子の横顔、その輪郭が空気に対して凛《りん》と張りつめるのが、たしかに見えた。

「わたしたちは、町の下層の人間と同じになるべきだ」

丹百はおどろき、水路の鉄蓋《てつぶた》に足を引っかけそうになる。混乱のために心拍が一気に速まるのがわかった。

「どうして？　町の上に住む人間は、特別だ。自ら考え、努力をして地位を維持している。……神族よりも、ほんとうは上位の存在なんだ。なんの努力もせずに這《は》いつくばっているだけの、下層の連中とはちがうよ」

大急ぎで引っぱり出したのは、父から折にふれて聞かされる言葉の受け売りだった。同時に脳裏に町の下層へ帰ってゆくあいつのうしろすがたが浮かび、なぜか異様に腹が立った。

紅美子の目は、まっすぐに前を見つめつづけている。

「いいや。下層の貧しい者たちは、望んであんな暮らしをしているんじゃないさ。さっき通った、貧民区の住人だって。――丹百は、どこへ生まれるか自分で選んだっていうの？」

落ちつきをとりもどせない丹百の心臓に、まるで紅美子の手がじかにふれてきたかのようだった。丹百は親友のその言葉をずっと以前から知っていて、それが紡がれるのを待っていた気がした。

「親たちは、わたしや級友たちを特別だと言う。富める者がより豊かになることで、下層民もやがてその恩恵をうけるときが来るのだと。だけどそんなのは、みんなうそだ。富裕層だって、神族の管理下で生かされているにすぎない。わたしたちは、たくさんのものをなくした。戦わなければ、さらに多くのものを失いつづけるんだ」

「……そのとおりだ」

自分の声音の低さに、思わずぞっとした。怒りは、つねに身の内にくすぶっている。しかしそれは、富裕層の子どもとしての日常を平気で送れるほどの弱い火力で、丹百のほんとうの怒りは、まだ大きく燃えあがるための出口を求めつづけていた。

親友である紅美子たちにも、しかし、丹百があのときなにを見、なにを奪われたのかを打ち明けることはできていなかった。この秘密はあまりに大きすぎ、丹百自身もときおり、あれはすべて夢だったのではないかと疑うことがあるほどだ。

だからこうして、紅美子が率いる趣味につきあうのかもしれなかった。神族に対する同じ憤りをいだく友人たちと冒険を共有することで、自分の過去をくりかえし自分自身に刻みつけているのかもしれなかった。蓋をして忘れてしまえるものなら、どんなにか楽だろう。──しかしそんな逃げ道を、決して自分に許してはならない。もし逃げれば、丹百は自分ではなくなってしまうだろう。

「ぼくも、神族のせいでかけがえのないものを失ったよ。いつか話せると思う──」

こんなことを打ち明けられたのは、いっしょにいるのが紅美子だけだからだろうか？

紅美子はつま先を見つめて歩く丹百をちらりと横目で見やり、埃《ほこり》まじりの空気にまっこうから顔をむけた。

「そうだね。陽九も火輪も、それぞれに失ったものは大きい。……わたしがあのとき失ったのは、馬だったよ」

「馬？」

そのとき丹百は、周囲に気を配ることすら忘れていた。紅美子の発した言葉が、あまりにも意外だったからだ。しかし紅美子は、丹百のおどろきになどまるで気がついていない。

「そう。わたしの、とてもだいじな馬だった。あんなに息のあう馬はいなかった」

歌をうたうような澄んだ声に、丹百は、紅美子が乗馬の修練をしていたことを思い出す。黒毛ですらりと脚の長い牡馬《ぼば》を、自分用に所有していたはずだ。紅美子が丹百の気持ちの変化に頓着《とんちゃく》しないのは、いつも自分の発言で、まわりをおどろかせることに慣れているせいなのかもしれない。

「あのころわたしは体が小さすぎて、馬たちの世話などとてもできなかったけれど、あの馬だけはわたしが近づくと鼻面をすりよせてきた。餌もあたえないのに。いちばん気に入っていた、かけがえのない馬だった。それを――」

それを、見殺しにした。紅美子はつづけてそう言おうとしたのだろう。丹百の耳の奥で、鼓動の音が重く響く。

（馬くらいで……？）

馬など、ただの家畜ではないか。

――たすけてくれ。

目と歯をむき、悲鳴をあげながら、あのとき大勢の者がこちらへなだれこんできた。わずかでもたすかる可能性のある場所にと逃がされた子どもたちに、その場所をゆずれと大人たちが押しよせてきた。丹百のとなりにいた子どもが引きずり出された。泣きわめきながら、きっとあの子は大人たちに巻きこまれて死んだ。

目先の生存しか考えない人間は動物以下だ。そして丹百が失ったもっともたいせつな人は、たかが馬などとならべていい存在ではない。

なんの前ぶれもなく崖からつき落とされたようで、丹百はそれ以上口をきくことができず、紅美子の声もそれ以上聞こえなかった。ただ黙々と、目的地へむかって歩きつづけた。

隔離地区の入り口に、陽九と火輪はまだ到着していなかった。だれかに声をかけられ、逃げて迂回《うかい》しているのかもしれない。丹百と紅美子も何度か、工員からどなり声を浴びせられた。

「庭園と呼ぶらしい」

そう告げて紅美子が見おろすのは、一本の巨樹の根方だった。

枯れ落ちた枝葉に隠れているが、木の根の股《また》には、たしかにまっ暗な穴が開いているのが見てとれる。

「地下に巨大な居住区があるんだ——この穴から中へ入れる」

かがんで枝をどけはじめる紅美子の背中を、丹百は見つめる。ずっと体を動かしているのに、指の先がかじかんでいた。

「……陽九たちを待たなくていいの？」

「じきに追いつくさ。ここにいるのを人に見られたくない。入るよ」

するりと、少年のすがたをした紅美子が暗闇に身をすべりこませた。丹百は水へもぐりこむときのように息を止め、あとにつづいた。

工場の排煙とはべつの悪臭が、鼻を刺激する。苦虫をすりつぶしてばらまいたかのような、嗅《か》いだ経験のないにおいだ。丹百はとっさに鼻と口を覆い、足をすべらせかけて紅美子に壁側へ押しもどされた。

底の知れない竪穴《たてあな》の内周を、螺《ら》旋《せん》階段がつづいている。手摺《てす》りさえない石段の第一段目に、丹百たちは立っているのだった。

からみあう植物の根が、井戸のような空間に縦横無尽にはびこっている。壁にともされた小さな照明が、周囲を照らすと同時に穴の底の暗闇をいっそう深く見せていた。

竪穴の底に、なにかがいる気配はしない。足もとの暗闇は、すでに死んだ化け物の口に見えた。工場とも、工場地帯の地下通路とも、どこともつながらない虚《うつ》ろの穴だ。

「おりてみよう」

紅美子がささやいた。いつのまに用意していたのか、携行型の照明をかざして行く先を照らす。小さな明かりは、しかしほとんどが暗闇に呑《の》まれていくらも先を照らすことはできなかった。

「だけど……」

「遅刻者を待っていては時間がもったいない。先におりて、びっくりさせてやろう」

教師の口ぶりをまねると、紅美子は先に立って石の階段をおりはじめた。その迷いのない足どりを見ただけで、丹百の胃袋が浮きあがりかける。

「お、落ちたらどうする？　二人を待とう。下に、なにがいるか……」

「いるのは木々人に決まってるじゃないか」

ふりむいた紅美子の目に、うっすらと軽蔑《けいべつ》の色がこもって見えたのは気のせいだろうか？　丹百の心臓が、ずくずくと音を立てて暴れる。口の中が一気に乾き、舌が上あごにへばりついた。

「待ちたければそこにいればいいよ。わたしは一秒でも早く、神族の秘密を暴きたくてたまらないんだ」

紅美子の目に、声に、足もとに開いている竪穴と同じほどに深い憎しみがこもっていた。丹百はその気配にとまどう。紅美子が失ったのは、乗馬用の馬だという。家畜なら――町の北側の牧草地に、いまも飼われているではないか。死んでも、かわりがいるではないか。

　下層の人間も自分と同じだと言ったのは、あれはきっと本心からではない。紅美子を真実つき動かしているものは、失った気に入りの馬の存在だ。

　そのためだけに、これほど深い怒りをたたえられる紅美子を、丹百はいまはじめて理解できないと感じた。学級のだれよりも突飛な行動を、堂々たる態度でやってのける紅美子が、知らない生き物のように思えた。

　一歩ずつ、紅美子は石段をおりてゆく。陽九と火輪は、まだ到着しない。紅美子がおりてゆくのにあわせて、明かりが遠ざかってゆく。壁にもともと設置されている照明は、とても視界を確保するのにたりるものではなかった。

　丹百はいやなにおいの立ちこめる空気を吸いこみ、腹の底にくすぶる怒りを自分の意識へ呼び起こした。そして地底からの引力に導かれるように、紅美子のあとから階段をおりていった。

　このような建造物が、工場地帯のただ中にあったとは。まるで歴史学の授業で聞いた、旧世界の建造物だ。昔の都市では、学院の尖塔《せんとう》よりも工場地帯の鉄塔よりも巨大な建物が天をついてひしめいていたという。その建造物をそのまま地中に埋めこんだかのようだな、ここは異様な空間だった。

　いつのまにか体から寒さが退いていることに、丹百は気づく。竪穴の下へおりてゆくほどに、気温は屋敷の中にいるのと同じほどに暖かくなってゆく。それとともに、異臭もまた濃厚になっていった。

そでで口もとを覆うため、ひじを折って腕をかざした。——そのときだ。丹百は悲鳴をあげて飛びすさりそうになり、手摺りのない階段から転落しかけて、しりもちをついた。

わんわんと竪穴に、悲鳴がこだましてさまよった。

壁に、人の顔が埋まっている。目を閉じた細面のそれは、石の彫刻、殺風景な壁に突如はめこまれた装飾のようにも見えた。が、その頭部からすらすらと垂れた長い髪は、丹百や紅美子の呼吸が生むかすかな空気の揺れによってそよぎ、どう見ても石でできたものではない。うっすらと開いた切り傷のような口は、いまにもしゃべりだしそうだ。生きた人間が、石の壁に埋まっている……あるいはごくゆっくりと、石の中から生まれつつあるようにも思われた。これは、木々人なのだろうか？

手足が勝手にふるえだす。必死でふるえをおさえこみ、丹百は立ちあがった。しりもちをついた拍子に、右のてのひらを石段のかどで切っていた。石のかどが削れてとがっていたために深く切れたらしく、血が流れて止まらない。丹百は傷が紅美子に見つからないよう、右手をきつくにぎってポケットへ押しこんだ。もはや、手当てのために引きかえしてなどいられない。

コツ、と紅美子の靴が、やがて階段のおわりを踏んだ。

二人はならんで立ち止まり、周囲を見わたす。自分たちがたどってきた石段は、暗闇に呑みこまれてとちゅうまでしか見えない。広大な広間となっているらしい空間には、草が生え、あちこちからねじまがった木が立ちあがっていた。なるほど、『庭園』だ。だがその光景は荒涼としており、朽ちかかった廃墟《はいきょ》としか思われなかった。

「……子ネズミどもが、迷いこんだ」

低い声が、丹百と紅美子をびくりと飛びあがらせた。

床から生えた草の中から、その声はたしかに聞こえてきた。息を止めて、丹百は声のしたあたりへ目を凝らす。紅美子のかかげる照明に照らされて、そよ、と草波が揺らいだ。

「だれ?」

大胆にも紅美子は、照明をかざして前へ踏み出す。

そのとき、草のむこうから、なにかが駆けてきた。声のした位置よりも後方から、目で追えぬ速さで草をかきわけて近づく。草波を裂いて、巨大な獣が殺意をむき出しに馳《は》せてきた。――白い。犬の顔、犬の目、犬の牙《きば》。しかしその大きさは犬のものではなく、白い被毛のあちこちから、金色の火が噴き出している。大きく口を開け、獣が襲いかかってくる。

牙が紅美子の頭をとらえようとしたそのとき、ごつ、と鈍い音が地下空間に響いた。紅美子を嚙《か》み砕きかけた獣のおとがいに、丸太がつきこまれている。たしかにそう見えたのだが、その丸太にひじがあり、それにつながる体が大犬と組みあっているのを、麻痺《まひ》しかけている丹百の頭がいやにゆっくりと理解していった。

翡翠色《ひすいいろ》の目が、こちらを見る。

「エン。言っただろう、みだりに人間を襲うな」

深い声がし、それにともなって動く口が見えた。

うなりながら大犬が耳をたおし、白く発光する目をこちらへむけたままあとじさる。よだれが音を立てて床へこぼれた。

紅美子が、獣を止めた者へ照明をむける。その手が小刻みにふるえていた。

丹百も紅美子も、自分たちの呼吸を数秒かけてとりもどさねばならなかった。

「……あ、あなたは、木々人？」

ふるえながら、それでも傲然《ごうぜん》とあごをあげて紅美子が問う。目の前にいるそれが人だとは、丹百には到底思えなかった。

「なにをしに来た……」

いやにゆっくりとしたしゃべり方で、何者かがこちらへむきなおる。

暗がりにぼやける輪郭を無視すれば、それは頭髪を剃《そ》りあげいかつい肩を前のめりにかがめた男に見えた。だが視界が悪くとも、その頭部や顔面、肩、腕、背中にびっしりと生えたこぶ状の突起物を、無視することはできなかった。淡い緑に覆われた、鱗《うろこ》のような突起物。それがあざやかな緑の目の持ち主を、人か獣か、あるいは植物の一種なのかわからなくさせている。

木々人。

異臭をはなち、技巧を凝らした装飾物と見まがうほどの透きとおった目を持つ、異形の存在が眼前にいた。

「先生が持ち帰られていたのは、あなたの鱗だ。そうでしょう?」

おどろくべきことに早くも平静をとりもどし、紅美子が木々人へ堂々と問いかけた。

翡翠色の二つの目が、まばたきをせずに自分たちを見つめている。その目になにもかもを読みとられている気がした。丹百の体中にこれまでのあらゆる出来事が、してきたことが細かな文字で書かれており、いまそれを一字一句もらさずに読まれているかのような……

「ああ……前に来た人間の、知りあいか」

ごろごろと低い声で、木々人が言う。

——と、べつの方向から、ひゃひゃひゃひゃ、と甘えるような笑い声があがった。びくりとふりむくと、ひざを立てて座りこんだべつの者が、首をかしげてこちらを見ている。しわだらけの顔に笑みを浮かべ、ぼろをまとってはいるがほとんどはだかも同然に、痩《や》せさらばえた体をさらしている。首を極端にまげているその人影も木々人だった。頭部の片側から木が生え、それが重くて首がかたむくのだ。

「客。客人だ。ははぁ、ハイマツの鱗がほしい、ほしい」

奇妙な節をつけてそう言い、頭に木の生えた木々人はまた笑った。

「ハイマツ……」

丹百の口から、無意識に声がもれていた。それは、木々人の名前だろうか。やはり物理学の教師は、さっきの大犬を追いはらったこの木々人の体の一部を、こっそりと持ち出していたのか。隔離地区へ忍びこみ、神族のしているなにかを知って――

（……こんなところへ入るほうが、異常じゃないか）

なにが異常でなにが正常なのか、暗さと異臭、突然の襲撃と木々人たちの異様なすがたに頭が混乱し、思考を整理することができない。

ごぼごぼと水の音が、丹百の耳によみがえっていた。

――たすけてくれ。

なにもかもが失われたあのとき……丹百の真横にいた子どもが引きずり出され、そこへ大きなしぶきをあげて大人の男が割りこんできた。自分が生きることしか考えない人間がひしめき、丹百はそれを、心底醜いと感じた。

陽九と火輪は、まだやってこない。

「ハイマツというのが、あなたの名前？　なぜあなた方は、このような場所へ隔離されているんだ？　まるでここは――」

紅美子が言葉をとぎれさせ、地底のようすを見まわす。視線を、おそらくハイマツという名の目の前の木々人へもどすと、きれいな口の片はしをゆがめて悲愴《ひそう》な表情を浮かべた。

「まるでここは、牢獄《ろうごく》じゃないか」

紅美子がそう告げても、二人の木々人の表情は変わらなかった。はたはたと、空中を幾匹もの虫が飛んでいる。

「わたしたちは、あなた方を救いたくてここへ来た。あなた方木々人は神族の眷属《けんぞく》なのだというけれど、神族はほんとうに統治者にふさわしい存在なのか。あるいは人々はうそを信じこまされているのか。それを暴いてあなた方を救いたい。それが、われわれ人間を救うことにもつながるから。わたしたち町で暮らす者は、過去に神族によって、たいせつなものを多く奪われた。その不正をただしたい」

ひゃひゃひゃひゃ、首をかしげた木々人が、ふたたび笑う。

（こんな――）

こんな者たちが、森に住んで火狩りや村人をたすけているというのだろうか？　大犬から紅美子を救ったハイマツはともかく、にやにや笑いの木々人は、満足に動くこともできないように見える。人に襲いかかってくる炎魔がいるような森で、こんな者たちがはたしてたよりになるのか。

もしくは……なんらかの罪で、この者たちはここへ投獄されているのかもしれないと、丹百は思う。隔離地区の木々人は、神族の使い、人間よりも神聖な寵愛《ちょうあい》をそそがれるべき存在だと聞かされてきた。だが実際は、とてもそんなふうには見えない。紅美子の言うとおり、ここは牢獄なのだ。

「……子ネズミが、神族になど、手を出すな」

ハイマツが、かがめていた背すじをわずかに伸ばした。それだけで、木々人の上背が紅美子の二倍も高くなる。

「前に来た人間は」

木々人の低い声が、鼓膜をざらざらとこする。冷や汗が丹百の背中を伝った。生い茂る草の中には、まだ先ほどの白い獣がひそんでいるのだ。

「黙ってこの鱗をとっていった。挨拶《あいさつ》もなしに、だ。……子ネズミは礼儀知らずでは、ない。だがお前たちに、われわれは救えない……だれにも。帰れ。早く。いまのうちに……でないと……」

紅美子がちらりと、こちらへ目配せをする。しかし丹百には、その意図がつかめなかった。紅美子がなぜここまでするのかもわからなかった。紅美子が失ったというものに対して、この行為は危険が大きすぎる。丹百が紅美子や陽九や火輪に、真実を語ったことがないように。あるいは、まだ自分にほんとうのことが明かされていないだけなのか。

怜悧《れいり》なまなざしを木々人たちへむけていた紅美子が、ふいに目をみはった。表情をこわばらせ、周囲へ視線を走らせる。

異変を感じとって、丹百もあたりを見まわした。

重くのしかかってくる暗闇に、なにかまっ白なものがいる。光るように、丹百たちのおりてきた階段のとちゅうに立っている。

白い鳥に、それは見えた。

「まったくだ。早く帰ればよかったものを」

鳥が、口をきいた。人間の少女の声に、それは似ていた。

まっ白な装束の、不思議な髪型をした子どもが、そこにいた。あれはたしか、みずら
という身分の高い者のする髪型だ。

体にかかる重力が、一気に威力をました。ひざがいまにも砕けそうなのを感じ、丹百は当惑した。白い水干をまとった、さえずるような声音の少年が見おろしている——それだけのことに、体がひしぎそうなほどの恐怖が襲う。

神族、だった。はじめてまのあたりにした。全身の力を動員して瞳《ひとみ》を動かすと、紅美子もまた青い顔をして身じろぎ一つできずにいる。

「お前たち、こんなところをぶらぶらしていると、人間の大人に叱られるぞ。せっかく安全な家があたえられているというのに、いらぬことに首をつっこんで。ぼくら神族は、そんなに信用がないのかな」

小鳥のうたうような声が、地下の空気をかき乱す。

「外にも二人いたようだが、先に家へ帰したぞ。二度とここへは近づかないよう、きつめに言い聞かせておいた」

笑っている。切れ長の目を細め、捕まえた虫けらをもてあそぶ子どものように。

だれかのうめき声がする。それが自分の発している恐怖の声だと、ひざがふるえだすと同時に丹百は気がつく。

た。

頭上に神の一人がいる。こんなところへ入りこんだのを、見つかった。殺される。それ以外になにも考えられなかった。動けないでいる丹百の手を、だれかがつかんだ。紅美子だ。静かに、しかししっかりと丹百の手を引きよせる。逃げよう、とその口が動いた。

逃げる？　丹百は、目を見開く。この状況で、どうやって——陽九と火輪は、家へ帰ったという。しかし、はたして二人とも無事なまま帰されたのか？

「子ネズミだ……迷いこんだのだ」

鱗だらけの木々人が、頭上の少年神にむかって言う。

「そうだな。ここはべつに、人間に隠している場所というわけではないからな。迷いこんでくる者も、当然いるさ」

カン、と高い音が間近で響いた。なんと澄んだ音だろうと、丹百は思わず聞きほれた。それは石段の上から飛びおりた少年神の、白木の下駄《げた》が地下の床に鋭くあたる音で、長く垂らしたみずらの髪と水干の袖《そで》を揺らして、いまやおそろしい存在はたった数歩先の距離に立って丹百たちを見すえていた。

荒廃し、異臭の立ちこめる地下空間で、目の前の若い神族だけが清らかさをたもっていた。紅美子のかざす照明などなくとも、少年神のすがたそのものが光をはらんでいた。

「たまにこうやって、人間が入ってくるんだ。ぼくはただの見張り役だから、見つけしだいに追い出せばいいと思っているんだが……この場所は、木氏族の連中が人間用の落とし穴としても使っている。よほどうまく機能しているみたいだけれど、ぼくはやつらのやり方は好きじゃない。いっそ人間たちにここの存在を周知してしまえば、下手な好奇心を起こす者もなくなるかもしれない」

なかばひとりごとの口調で、少年神は細いおとがいへ指をあてる。その顔は丹百たちの緊張も恐怖も一切無視して、品のよい笑みを浮かべている。

「木の氏族は、ここへ迷いこんだ者を新たな木々人に仕立てたいというんだ。すでに森に配属しているが、もっと数をふやす必要があるらしい。森でも木々人は繁殖できているんだから、ここへ入ってきた人間を木々人に仕立てるなんて方法がとても効率的だとは思えないが、連中なりのやり方があるんだろう。ぼくの知ったことではないけれど」

「人間を……仕立てる？　木々人に？」

紅美子が自らの問いに引きつられるように、目をみはったまま首をさしのべる。

少年神の切れ長の目が、つめたい色を宿した。

「そうか。木氏族はこのことを人間に隠しているのだった。うっかりしたことだ。氏族のちがうぼくにここの者たちの世話を押しつけるのを、これを機にやめてくれるといいんだが。ぼくは植物ではなく、風と紙を操るのが専門なんだ」

丹百たちと、同じ年ごろに見える。まるで以前からの知りあいのように親しげに語る少年神の、変声期前の声には、しかし、絶望的なまでの脅迫がこもっていた。

「……それをしゃべったということは、わたしたちを、もう外へ出すつもりがないとい紅美子とつなぐ手が、ぶるぶるとふるえる。これは、丹百と紅美子、どちらのふるえだろう。

「それは、木々人を作る者たちしだいだ」

いま、目の前に、手を伸ばせばとどく場所に、神族がいる。憎くてたまらなかった。あの災禍のとき、丹百からあらゆるものを奪った。

——たすけてくれ。

子どもを水路から引きずり出し、割りこんでくる大人。泣きさけぶ声とゆがんだ顔、死にもの狂いでたすかろうとする醜い人間たち。それを神々は、見殺しにした。

弔いのいとまするあたえなかった。

弔うべき体すら、もう残っていなかった。

こいつらのせいで。よくもぬけぬけと、涼しい顔をして。知るべきだ。自分たちがどれほど罪深いことをしたのかを。そして同じ苦痛を味わうべきだ。

そうでなければ、丹百のたった十五年の人生に起きたこと、そこから失われたものすべて、なにもかもが割にあわない。

少年神の整った顔が、笑みを作る。

(ああ——どうして動けないんだ。やっと、こんなに近くまで来たのに。せめてこいつに、一矢報いるだけでも、できないのか?)

しかし丹百は、武器になるものをなに一つ持っていなかった。声すら恐怖のために出てこない。自分たちも、木々人になる？　木々人はもともと特殊な生まれの種族なのではなかったのか。学院の教師も、紅美子も、このことを暴きたかったのだろうか。つまり……木々人はもともと神々の眷属《けんぞく》などではなかった、首都に暮らす人間だったのだと。

二人の木々人は手出しをせず、ただこれから起ころうとしていることを翡翠色《ひすいいろ》の目で見守っている。

紅美子が、食いしばった歯のすきまから小さく声を漏らした。いつも飄々《ひょうひょう》としている紅美子からは考えられない、うなるような声だった。

「……人間を、なんだと思っている」

紅美子が、声をふりしぼる。憎悪に顔をゆがめ、それは丹百の知らないだれかのようだった。

一瞬表情を消した少年神が、ふるえている紅美子を視線で射ぬき、上品に笑った。

「人間など、いくらでも生まれてくるだろう」

その言葉が、紅美子の怒りをはじけさせた。

「われわれは、お前たちの道具じゃないっ！」

激昂《げっこう》する紅美子と対照的に、少年神はどこまでも涼しい顔をしていた。人間が激しい感情に顔をゆがめるのを見て、おもしろがってでもいるようだった。

似ていた。いつも、だれも思いつかないことをはじめては、丹百たちがおどろくのを見て笑っている、紅美子の超然としたおもざしに。

その紅美子はいま、まなじりをつりあげて歯をむき、肩をわななかせている。

「道具？　道具あつかいなどしていないさ。お前たちは——」

澄んだ声が、鈴の音のように地下空間をふるわす。頭よりも先に心臓が、圧倒的な危険を察知する。丹百はほとんど本能的に、紅美子とつないだままの手を引っぱっていた。もつれそうな足を、階段へむける。逃げなければ。逃げきれるのか？　神族から。

「お前たちは、ぼくら神族の庭であるこの首都の、たいせつな実りなんだ。どう活用するにせよ、ありがたく、有効に使う」

少年神が言いおえたとき、すでに階段を駆けあがっていた。紅美子の持つ照明が、激しく揺れる。竪穴《たてあな》にはびこるつるや根が、真上にあるはずの出口を見えなくしている。……それだけではなかった。荒れはてた地底の庭の床の割れ目から、植物の根がうねうねと這《は》い出し、追いかけてきたのだ。まるで、体が幾条にも裂けた蛇だった。丹百たちを追ってくる木の根を、少年神は汚いものでも見るような顔をしてながめている。

地上へ。上へ逃げなければ。駆けながら丹百は、めちゃくちゃにわめいていた。

もつれそうな足をくり出して石段を駆けあがり、しかしいくらも行かないうちに立ち止まって、丹百はけたたましく悲鳴をあげた。目の前の壁には人の顔が埋まっている。長い髪を垂らした、あの顔だ。閉じていた目が開き、切り傷に似たまぶたの割れ目から、翡翠色に光る目がこちらを見ていた。

うしろへたおれかかる丹百の背中を、紅美子の手が強く押しもどす。ふりむくと階段の下から木の根が蛇のように這いあがり、紅美子の足に追いつきつつあった。

前へむきなおったとき、一陣の風が吹きあがった。壁の顔の目が、階段の先へ視線をむける。そこに、丹百の行く手に、黒ずくめの影が立っていた。

黒ずくめの人影は、まっ白な布で完全に顔を覆っていた。一本歯の高下駄を履いた足が、丹百には読みとれないつぎの動作に備え、鋭利な気配をはらんでいる。

自分たちがなにに直面しているのかもわからないまま、丹百はまばたきのできない目を竪穴の下へむけた。白い水干すがたの神族は、早くも暗さの底に呑《の》まれてよく見えない。しかしそのさえずるような声が、はっきりと鼓膜へとどいた。

「お前たちに、ここの木々人を救うことなどできない。木の氏族の者に新たな素材として使われるだけだ。せいぜい分をわきまえろ」

紅美子の足首に根が巻きつき、体を捕らえる。だめだ。たすからない。自分たちは、この地の底から出られない――

丹百の手が細い指につかまれた。紅美子だ。片足を動く根に絞めつけられながら、わななく手で照明をかかげてくちびるを動かす。

（たすけを……）

たすけを呼べ。声を出さずにそう伝えると、紅美子は大きく身を乗り出して腕を伸ばし、黒装束の足をつかんだ。そのまま、石段から身をおどらせた。地底から中空へ、土《つち》埃《ぼこり》を巻きあげて植物のつるが群れて伸びあがる。紅美子と黒装束がもろともに植物にからみつかれ、地の底へ引きずりこまれる。帽子が吹き飛び、紅美子の髪がなびくのがほんの一瞬見えた。

紅美子の持っていた照明が消え、とぷりと水のように静けさが満ちてくる。

と、丹百の鼻先で、空気が揺らいだ。階段の先に、先ほど紅美子が道連れにしたはずの黒装束が、同じ姿勢で立っていた。

「あああああぁっ！」

ひと息に間合いをつめてくる黒装束から逃げることも、立ちむかうこともできなかった。丹百はその場にひざを折り、悲鳴をあげながらただ闇雲に手を前へつき出した。

はらりと、眼前にせまっていた人影が消える。かわりに汚れた紙片が、石段の上へ落ちた。――人の形に切りぬかれた紙だ。人形の半身に、丹百のてのひらの血が付着している。

（え……？）

混乱しながら、立ちあがる。地の底から、切れ切れの悲鳴が聞こえてくる。悲鳴というよりも、それは瀕死《ひんし》の獣のうめき声に近かった。

紅美子だ。たすけなければ。親友を。

けれど丹百は、切り傷のある自分のてのひらを見おろし、親友の言葉を思い出していた。

——わたしが失ったのは、馬だったよ。

丹百の血が、神族の仲間の一人を消した。体内から流れ出た血液が、呪いかなにかのように作用した。白い紙を汚す赤い血。

だれかが耳もとで、くすりと笑った。壁に埋まった顔が笑ったのかと思ったが、つづく声は少年神のものだった。

「——逃げるなら逃げろ。そして人間たちに、もうここへ近づかないよう伝えてこい。……姉上がこれを見て、およろこびになるとは思えないからな」

すがたは見えないのに、声だけが間近に聞こえた。

気がつくと、必死で残りの階段を駆けあがっていた。追手はかからなかった。丹百が、血を流しているからか。汚らしい血を流す、いやしい人間だからなのか。……

砂埃と冷気を肺へ吸いこみ、むせながら外へ出た。

たすけを呼べ。

紅美子からの指示を思い出しながら、丹百は這い出した穴からはなれ、立ちあがった。暮れつつある空は、排煙に色をゆがめられている。先ほどまでいたおそろしい場所は、もうはるか遠いような気持ちがした。少年神が言ったとおり、陽九のすがたも火輪のすがたもなかった。

丹百は出血しつづけているてのひらをズボンにこすりつけながら、機械のうなりが満ちる工場地帯へ足を踏み出した。

紅美子の失ったものと自分の失ったもののちがいが、丹百の肺を重くした。最初から多くを持っていた紅美子は、ただ気に入りの家畜を失ったにすぎない。なにも持っていなかった自分とは、もともと生まれた世界がちがったのだ。紅美子も火輪も陽九も、親友だと信じていた者たち、みんなが。

丹百はそのままふりかえらずに、工場地帯を走りぬけ、貧民区をぬけて、水路に架かる橋をわたった。ここからは、労働者たちの家がひしめく町を、海とは反対側、坂の上へむかうだけだ。屋敷へ帰る前に、ちゃんともとの服に着替えなくては。こんなみすぼらしい身なりで帰宅すれば、使用人たちや両親をおどろかせてしまう。そして今日あったことを問いただされる。それだけはだめだ……てのひらの傷の言い訳を、それだけをなんとか考えなくては。

紅美子のことは？　紅美子がもどらなければ、かならず大きな騒ぎになる。貧民区の子どもが消えたのとは、わけがちがうのだ。富裕層の子どもの命は、貧しい子どものそれよりも価値が高い。

……ほんとうだろうか。

重い足を引きずって歩きながら、丹百は一瞬の夢でも見たのではないかと疑いはじめていた。地下の庭園、異形の木々人、神族の少年、置き去りにした紅美子。

みんな、なにかの夢だったのではないか。

下層の町は、家々からもあちこちを走る水路からもいやなにおいがする。幼い子どもが、川に糸を垂らして遊んでいる。魚などいないのに。共同炊事場から、調理をするにおいが漂ってくる。もうそんな時間か。早く帰らなければ、また父に叱られてしまう。

いそいそと行き交う人々にとって、おぼつかない足どりで行く丹百はひどく邪魔そうだった。

「おん！」

真正面で吠《ほ》える声がして、丹百は悲鳴をあげた。あの白い大犬が、ここまで追ってきたのかと思った……が、こちらを見あげて舌を出し、尾をふっているのは、短い黒毛の犬だった。垂れた耳を頭の両わきになめらかに沿わせている、一般的な大きさの狩り犬だ。近くに飼い主がいるのではないか。そう思い、あたりを見まわそうとしたときだ。

「こだま！」

声がして、犬は高らかにもう一度吠え、丹百の後方へ走っていった。ふりかえって行く先を目で追う。どくりと、心臓がはねた。犬を呼んだのは、眼鏡をかけた学生だ。いつもの簡素な制服を着ているから、すぐわかる。尾を力いっぱいにふりまわしながら、犬が制服すがたの少年のもとへ駆けつける。

「勝手に出歩いちゃだめだろ。狩りのあとは、ちゃんと休めよ」

あいつが、黒い犬の頭をなでまわしている。丹百がそれを見ているのに、むこうはちっとも気づくようすがない。そうか、変装しているからわからないのか。丹百がぼんやりそんなふうに考えていると、うしろの粗末な民家の戸が開いた。

「帰ってきたか？　やれやれ、まだ走りたりないんだ。こいつの体力にはついていけん」

現れたのは、あいつの父親だろうか。狩衣《かりぎぬ》を着ていないが、肌着からむき出しになったたくましい腕に、無数に傷痕《きずあと》が刻まれて光っている。その手が、うれしそうに尾をふる犬の頭をたたくようになでまわした。

そうして親子と犬は、家の中へ入っていった。一度も、丹百のほうを見ることはなかった。

「…………」

ごぼごぼと、耳の中に水音がする。悲鳴と、燃える人々。この首都で起きた、六年前の大火災の光景がよみがえる。

こぶしをにぎりしめると、右のてのひらの中で血がぬめりと指にからみついた。

丹百が大火災で失ったのは、一人で自分を養ってくれていた母だった。丹百だけを水路へ逃がし、母は人体発火を起こして死んだ。

──たすけてくれ。

醜くわめきながら他者を押しのけてたすかろうとした者たちといっしょくたに、燃えて死んだのだ。

同じ火災で紅美子は馬を失い、そしていまごろ、あの地下の隔離地区で──

うつむいて歯を食いしばり、坂の上へ走った。ひどい空腹をおぼえた。早く家へ帰って、肉を食べたい。それだけを強く願った。

丹百は数日間、家から一歩も出なかった。もちろん学院へも行かず、ろくに食事も摂《と》らずに部屋に閉じこもる丹百を気遣ってか、両親はなにも問わず、行方不明になっているはずの紅美子のことも口にすることはなかった。

「学院を、やめさせてください」

四日後にやっと食堂で摂った夕食のあと、丹百は父にそう申し出た。使用人たちはなにも聞こえないふりをして、無駄な音を立てず、すみやかに食器をさげてゆく。

「家庭教師に勉強を教わりたいのです」

年老いた両親はしばし顔を見あわせていたが、やがて、父が重々しくうなずいた。

「いいだろう。お前にむいた環境で、学ぶといい」

父の手が、肩へ乗せられる。乾いた手の重みが、丹百の背骨を揺らした。

「お前は、生きる力の強い子どもだ。なにもおそれることなどない。しっかりと食べ、学び、やがてこの首都の実権をにぎる人間になりなさい」

そのつめたい声が、なぜか丹百の心臓をたぎらせる。

「あ、あの。それから――」

もう一つの願いは、自分でも思いきった内容だとわかっていた。だが、大火災で親を亡くして孤児となった自分を養子にとり、偽肉《ぎにく》工場の跡継ぎにと育てているこの養親たちなら、聞き入れてくれるはずだと踏んでいた。

「名前を、改めたいのです。……しょっちゅう、昔のことを思い出してしまって。ぼくは、この家の人間にしていただきました。過去と訣別《けつべつ》して、きちんと燠火《おきび》家の人間になりたいのです」

ふう、と父が息をついた。ため息というより、笑うのに近い音だった。

「いいだろう。新しい名をあたえよう。そうだな」

父は考えたあと、丹百の頭に大きなてのひらを乗せた。そうして、まるでとうに用意してあったかのように、重々しい声を響かせて新しい名を告げた。

「油百七《ゆおしち》。──お前は今日から、その名を名のりなさい」

そうして丹百は、過去を押しこめ、級友たちを忘れ、隔離地区での出来事を忘れた。

ただ、大火災のときに染みついた飢えだけは、いくら上等の偽肉を食べつづけても、忘れることができなかった。

旧世界――〈二〉

人体発火病原体。

自分たちに埋めこまれた病の原因を、少年はそう言い表した。

「この病にかかると、そばに火があるだけで、自動的に体が燃えあがる」

「火に、ふれていなくても？」

〈子ども〉が問うと、そうだ、と少年がこたえる。

「おれを捕まえた大人たちが、そう言っていた。そして……ゆうべ、この目で見た」

しかし、大きな戦争をしているのはよその国で、自分たちは関係がないではないか。

牛たちと、武器など持たない人間だけが暮らす小さな町と村だ。戦っているどの国にとっても、邪魔ですらなかったはずだ。そう言うと、少年は〈子ども〉の手を引いて歩きながら、前をむいてうなずいた。

「……関係のない者なんて、いないんだよ。遠くの知らない場所で起きていることと、おれたちは目に見えないほど細い鎖でつながっている。見えない鎖が、数えきれないくらいに体に結びついている。だから、遠い国どうしの戦争も、関係のないことじゃない」

少年の仲間たちは、周囲を警戒しながら進んでゆく。男も女もいた。たった八人の仲間たちは、年齢もまちまちだったが、だれもが近くに住んでいた者たちだった。〈子ども〉が姉と町の学校へ通っていたころ、町中にあった小さな古本屋にいた者や、給油所で働いていた者。学校の教師までいた。

「でもな」

少年がつづける。その声は淡々としているが、同時におとぎ話を語る口調のようでもあった。おそろしい光景をまのあたりにし、村をはなれてから歩きどおしで、疲れきった〈子ども〉の気をまぎらわせようとしているのかもしれない。

「おれたちの町が標的になったのは、お前の言うとおり、おれたちには直接関係のない理由だったのかもしれない……この病を生み出した連中は、これが自分たちの敵にちゃんと使えるのかどうか、まず試そうとしたんだ」

しかし、なぜ敵に病を植えつける必要があるのだ。〈子ども〉が祖父や教師から聞き、想像する戦争は、もっと直接的に人や街を破壊するものだった。

前をむいたままの少年の眉《まゆ》が、重々しく曇った。

「体が勝手に燃えてくれたら、大勢をほんのすこしの兵器で殺せるだろう。いや、まともな兵器すら、必要ないんだ」

でも、と〈子ども〉は、歩みの速い少年たちに必死についてゆきながら、さらに問うた。

「町から消えた子どもたちは？　あれは、なんだったの？　お兄ちゃんも……一度捕まったんだよね？」

　すると少年の口もとが、引きつれるように笑った。何者かへ挑みかかるように、その顔がゆがむ。

「人さらいたちは、戦争をしている国に対抗するために、人を集めていたんだ。無理やりに戦わせるつもりで。おれは、この人たちにたすけてもらったんだよ。……ほかの子どもたちは、子ども兵に仕立てるために連れ去られた。病原体をばらまく者たちに抵抗するために……だけどきっと、みんなもう、たすからない。おれたちと同じに病原体を植えつけられて、そして、自分たちが持たされた武器から出る火で死んだはずだ」

　何度か休憩をとり、眠り、またひたすら歩いた。

　仲間たちは、人の住む場所を大きく避けて通った。人が暮らす場所には、火があるからだ。

　夜、交代で眠るときにも、当然火は焚《た》かなかった。加熱した食べ物を口にすることはなく、非常食や木になっている果実でしのいだが、それでも空腹がこびりついてはなれず、疲れはてているのにぐっすり眠ることができなくなった。

　ときどき、ほんとうに家族が死んだのか、自信が持てなくなった。家族も村も無事で、自分のほうが少年とその仲間たちに誘拐されたのではないか。町からすがたを消した、ほかの子どもたちのように。そうならいいなと、〈子ども〉は思った。

人のいない場所ばかりを選んで進むために、すでに世界は滅び去ったあとなのではないかと思えてならなかった。大人たちの半分は〈子ども〉をわが子の身がわりのごとくに世話し、残りの半分はお荷物あつかいした。だれもが家族を、友人を、この病のせいで失っていた。

「……もう、疲れた」

丘のふもとに遠く小さな街の明かりが見えてきたとき、迂回路《うかいろ》をたどろうとする一同にむかって仲間の一人が言った。

「あそこにするわ。わたしは、あそこの人間たちにこの病を伝えてくる」

彼女は頬笑んでいた。ここまでをともに歩いた者たちへむける悲しげな微笑には、しかし、死者たちから借りてきたかのような凄絶《せいぜつ》な色が宿っていた。疲れと飢えで青ざめやつれた顔に、目ばかりを爛々《らんらん》と輝かせ、そして彼女は一人で行くことを決めた。

「進め。できるだけ街の中心部へ」

仲間の一人が、彼女にむけて言った。

「そこへたどり着くまでに、体が燃えはじめるだろう。だが生きた人間たちは、死体を目に見えるところへ置いてはおかない。かならずどこかへ動かすために、われわれの体にふれる。燃えつきたあとであっても、そこで病はほかの人間たちへうつる」

木の実をいつも一つ多くわけあたえてくれ、眠るときには怖くないようにと歌を聞かせてくれた彼女が行ってしまうことが、たまらなくつらかった。〈子ども〉は去り際に彼女に抱きつきたい衝動に駆られたが、それでも決してそんなふるまいはしなかった。ここで甘えては、彼女の選択をまちがいだと訴えることになってしまう。それがおそろしくて、沈んだおももちの仲間たちのうしろへ身を隠し、街へむかううしろすがたをじっと見送った。

火が、夜気におどった。

〈子ども〉たちは、遠目にそれを見ている。自分たちの体に埋めこまれた病が、炎に反応しない距離から。

街の一角で起こった火事が、世界に蓋《ふた》をする夜空へひとすじの煙を立ちあげる。

彼女は、やりとげたのだろうか？　自分たちにもたらされた呪いを、ほかの人間たちへ伝えられたのか。発火する体を見せつけ、この病をかかえる者の数をふやすことができたのか——呪いを共有してくれる人間を、この星の上にふやしたのか。

仲間たちのだれ一人、行ってたしかめられる者はいなかった。

「……あの火で、なんの関係もない人が死んじゃったら、敵のしたこととどうちがうの？」

ふるえながら、〈子ども〉は尋ねた。知らないうちに、涙で頰が濡《ぬ》れていた。

〈子ども〉をふりかえった少年の顔は、黒々と陰になり、その中に二つの目だけが表情なく見開かれていた。

「言っただろう。関係のない者なんて、いないんだ」

第三話　花狩り人

生ぬるい水の中で目をさました。

繭のように体をつつんでいた白銀の頭髪が、咲きほころぶ花弁のようにほぐれてゆく。かかえこんでいた両ひざ、折りまげていた両腕をゆっくりと伸ばす。同時に体が浮上してゆく。なめらかに空気の中へ頭を出すと、背後で揺らめいていた長い髪が、ぬれぬれと肩や背中に貼りついた。

肺の中へ気体が満ちてくると同時に、しゅ、と衣擦《きぬず》れの音が間近に聞こえた。

「ああ、ほんとうにそっくりな」

細い手がこちらへ伸びてきた。その手をつかめということなのか。しかし支えにするには、さし出された手はあまりにたよりなく思われたので、自力で水槽のへりに手をつき、体を引きずりあげた。全身にまつわりついた水が、あざやかな草に覆われた床を濡らした。

室内にひそかなどよめきが起きる。いくつもの視線がそそがれ、そのまなざしによって空気の温度があがった。大勢の者たちが、水槽の中から自分が生まれ出る瞬間を見守っていたらしい。

だが……

「名前をあげような」

こちらへ頰笑みかける少女、温かな気配をはなつそのすがたしか、この瞬間、見えてはいなかった。

「〈揺《ゆ》る火《ほ》〉。——それがお前の名前」

赤い花飾りを髪に飾った少女が、そう教えた。

まっ白な、機械だらけの部屋へ連れてゆかれた。

はじめに体が正常に動くか、構造に問題がないかをしつこく確認された。つめたい台の上へ乗せられ、頭にも胸や腹にもたくさんの機器をつながれた。機械をあつかう者たちが、部屋の中を静かに動きまわっている。だれもが布で顔の半分を隠し、ひざをかがめた低い姿勢で、一切の物音を立てずに動いていた。

体にふれる者たちはみな同じ布で顔を隠し、黒い頭巾《ずきん》をかぶり、装束の両そでに『火』の文字を染めぬいていた。

中の一人が、白木の盆に載せた紙をこちらへさし出した。手にとりひろげると、しとやかな紙に墨で細かな文字が書きつらねられている。目が自然とその文字列を拾ってゆく。二通りの筆跡が、それぞれになすべきことを指示していた。文字を読んでゆくのと並行して、そこに書かれた内容が指令として頭の中へとりこまれていった。そのように作られたらしかった。

体の中に火があった。大きな火だ。〈揺る火〉の、人工的に作られた体を維持し、動かす力として、とても強い火が核にこめられている。あの少女のはなっていた気配と、身の内の火の気配はよく似ていた。あの子が自分の火をわけあたえたのだと感じた。

「いつまでここにいなくてはだめ？」

読みおえた紙をかえし、金属の台の上から問うた。はじめて発した自分の声は、あの少女のものとまったく同じだった。

「夕刻までは、ご辛抱くださりませ」

恭しく頭をさげ、口の動きを布のむこうに隠したまま、白装束の者がこたえた。発するそばから空気へ溶けて消えてゆく、ひかえめな声だった。

「そのあとは、姉姫さま方とごいっしょにおすごしいただけまする」

なぜ自分にそのように丁寧に接するのか、〈揺る火〉は不思議だった。先ほどの紙に書かれていたとおり、自分は姫神に似せた機械人形で、七日ののちには空よりも高い場所へ一人で浮かべられ、そこで遂行すべき任務に就く。つまり自分は、この者たちが使う道具にすぎないのに。

ここではなんだか体が重かった。空よりも高い気層の上、重力のおよばない空間で生きるように設計されたためかもしれない。

室内にただ一人、顔を隠していない者がいた。白い水干をまとった少年だ。みずらに結った髪のすそを肩の前に垂らし、壁を背に、背景に溶けこむようにこちらを見ている。

気配は限りなく静かなのに、こちらを見るまなざしは鋭かった。

あの子のまわりでだけ、空気が息を殺している。

目の前をべつの者が通過してゆき、つぎの瞬間にはもう、少年のすがたは消えていた。

顔を隠した者たちに連れられて、〈揺る火〉は自分の生まれた水槽のある部屋へもどされた。外界から隔絶された円形の部屋には、自分と同じ顔をしたあの少女が、かたわらに大きな白い犬を連れて待っていた。

「まあ、よく似合う」

少女の名は手揺姫《たゆらひめ》という。〈揺る火〉は生まれたときからそれを知っていた。自分の体は、神族宗家の頂点に立つこの手揺姫の体組織から作られたのだった。

〈揺る火〉を連れてきた者たちはこうべを垂れ、扉のむこうへ引きさがった。

その部屋に窓はなく、岩を削った天井は底の知れない暗さをいだきこんで頭上に覆いかぶさっていた。その天井から、機械じかけでゆっくりとめぐる、星をかたどった照明が吊《つ》りさげられている。足もとには小ぶりな花を咲かせた野草が密生しており、歩くたびに足と着物の下で緑の茎がやわらかく折れた。

照明はたいした出力でないのに、室内は明るかった。〈揺る火〉を待っていた少女、手揺姫自体が、ほのかに、しかし燦然《さんぜん》とした光をはなっているのだ。光と熱を周囲へはなつ手揺姫の足もとには、ことにたくさんの花が咲いている。岩屋じみた部屋の中いっぱいの、幾種類もの花々が、手揺姫へ慕わしげに顔をむけているのだった。

「こんなものを着せられた。とても重いわ」

深紅に白、さらに白銀をかさねた上質な装束のそでを〈揺るる火〉が持ちあげると、手揺姫は自らの蘇芳色《すおういろ》のそでを口もとへあてて小さく笑った。

「わたしと姉さまで、準備させておいたのです。きっとよく似合うと思って」

首をかしげると、赤い花をかたどった髪飾りがしゃらりと揺れる。手揺姫の頭髪はつややかな黒い色をしていた。引きずってあまりあるほど長い〈揺るる火〉の髪は、それとは対照的な銀色だ。すなおに背後へ流れる手揺姫の髪とちがい、〈揺るる火〉の髪は複雑に結いあげられ、おびただしい飾りといっしょに肩や背へ流れていた。

大きな犬は手揺姫の影のようにかたわらにひかえ、色素の薄い目でこちらを見あげてゆるやかに尾をふっている。白分からも、手揺姫と同じようなにおいがするのだろうか。

「こんなものを準備したって、意味がないのに。気圏の外では、着ることができない」

〈揺るる火〉がそう言うと、手揺姫の眉《まゆ》が力なくさがった。その身が発している輝きと温かさまで、弱まったように感じられた。〈揺るる火〉は自分のものとは色のちがう手揺姫の目を、まばたきをせずのぞきこんだ。

「いまこの星は、全域におよぶ戦争状態にあるのでしょう？　だからわたしが作られた。だけどそれに、意味《ひとみ》があるの？」

手揺姫の黒い瞳が、小揺るぎもせずこちらを見つめかえす。かたわらの犬が、巨軀《きょく》に似合わぬ高い声で、クンと鳴いた。

「――意味は、大いにあります」

ふいにべつの声が、室内に響きわたった。ふりむくと、先ほどの機械の部屋で壁を背に立っていたみずらの少年が、花の咲く床の上にいてこちらを見ていた。扉の開閉する気配はなかった。

「人間たちの争いを止めるため、手揺姫さまはあらゆる手を尽くされた。それでも星中にはびこる人間たちは、無駄な争いをやめようとしない。すでに多くの人間が死に、それよりさらにたくさんの生き物が死にました。水も土も空気も汚染されつづけてゆく。手揺姫さまはお心を痛められ、自らの分身として〈揺るる火〉が生まれることをご決断なさいました。いま生きている人間たちと、この先の世界を救うために」

澄んだ声で言う少年の、涼やかなまなざしがまっすぐにつきつけられる。〈揺るる火〉は髪飾りを鳴らして首をかしげた。

「だれ？」

すると手揺姫が、ふたたびその顔に笑みをほころばせた。

「ひばりというの。〈揺るる火〉が生まれてくるのを、とても心待ちにしていたのです」

手揺姫が言ったとたん、少年の頰がかすかに赤くなった。細い眉がつりあがる。

「そんなことはどうでもいいのです。それより……」

ひばりが、水干の袂《たもと》へ手をさし入れた。

「〈揺る火〉。これを」

さし出されたのは、人の形に切りぬいた白い紙だ。

「持っていてください。――千年彗星打ちあげに、いまもって反対しつづける者たちがいます。よからぬことを企《たくら》まないとも限らない」

〈揺る火〉はひばりの意図をくみかねたまま、白く薄っぺらな紙人形をうけとった。

肌の色を白々と作られた〈揺る火〉の手の上に置いても、その人形はなおひそやかな純白をたもっていた。しかしなにも書かれていないその紙からは、どんな指令もうけとることができなかった。

「お前は心配しすぎるのです。みなが納得してくれたからこそ、〈揺る火〉はこうして生まれたのではないですか。苦言を呈していた者たちも、いまはわたしのわがままを許してくれています。お前が〈揺る火〉を、わたしや姉さまと同じにたいせつに思ってくれているのはわかりますが」

「姉上は、まわりの者たちに気を許されすぎるのです。〈揺る火〉が天へ飛び立つまで、油断なりません。実際に人間どもも……」

しかし手揺姫が、色めき立つひばりの言葉をさえぎった。

「姉さまは？」

その問いに、ひばりはたかぶりかけた感情のやり場をひるがえされ、視線を落として床から伸びる草をにらんだ。

「……お部屋でお休みになっておられます。侍女が何度か呼んでも、今日はお起きにならないようです」

まあ、と手揺姫は声をあげたが、そこにおどろきの響きはまったくふくまれていなかった。手揺姫のかたわらの白い犬が、色素の薄い鼻をこちらへむけて動かした。淡い栗色の目が、興味深げに〈揺る火〉を見つめている。

「エンというのよ」

手揺姫の手が、大きな犬の頭をなでた。〈揺る火〉を見つめながら、犬は決して手揺姫のそばから動こうとしない。何年ほど生きた犬なのだろう。大きな体軀にたくましい顔立ちをしているが、手揺姫にぴたりと寄りそうすがたは、まだ幼さすら感じさせた。

「エン?」

どういう意味の名だろうか。犬の名の意味を知ろうと頭の中にある知識を探ったが、こたえは見つからなかった。

「陽炎《かげろう》が名づけてくれたのです。めぐるもの、という意味をこめて」

「そして、完璧《かんぺき》な名前となるように、おしまいの音を入れた」

低い声が、手揺姫の言葉を引きついだ。ふりむくと、すぐうしろに樺色《かばいろ》の直衣《のうし》をまとった男が立っていた。頭に烏帽子《えぼし》を載せ、黒い紐《ひも》をおとがいに結わえている。大柄であるのに、気配がまるでしなかった。〈揺る火〉の体や神経が、まだ安定していないせいだろうか。この着物の色は、火の宗家の者だ——〈揺る火〉の中にあらかじめ埋めこまれた知識がそう告げる。

「会いに来てくれたのですね」

直衣の男へ、手揺姫が笑みをむける。そばでエンが、ふさりと尾をふった。

ごくかすかな舌打ちの音が聞こえた気がして、視線を転じると、ひばりのすがたが消えていた。先ほどまで立っていたその場所の草花が、つむじ風をうけたようにそよいだ。

「〈揺る火〉、これがエンに名をくれた者です。陽炎というの」

手揺姫はひばりが消えたあとの空間を一瞬さびしげに見やったが、たちまちにゆかしい笑顔の下にそれを隠した。

〈揺る火〉は首をかしげて、陽炎と呼ばれた男を見あげた。くっきりと太い眉、角張ったあごの、見るからに武骨な顔立ちだ。射ぬくようなまなざしで〈揺る火〉を見つめると、草の上へひざをついて頭をさげた。

「ほかの者に先立ってまかり出ましたことを、お許しください。ほかの者たちの前で〈揺る火〉にまみえることは、許されまいと思いまして」

手揺姫が、小さくかぶりをふった。黒い髪につけた飾りが、さらさらと鳴る。結んだ口もとが、なにかの感情を抑えこんでいた。それがどのような種類の感情なのか、そこまではわからなかったが。

「姫さまに似るとは聞いていたが、まさかこうも瓜二《うりふた》つだとは」

「ええ、わたしもおどろきました。人間の力はすごいものですね。わたしの血と肉のかけらから、この子を作りあげてくれた。きっとたくさんの人をたすけます」

エンが尾をふりながら、顔をあげた陽炎の足もとへ近づく。陽炎は大きな手を犬の頭に乗せ、力をこめてなでまわした。

「……真実そうなるのであればいいが」

室内に咲く花々が、風もないのにそよそよと揺らぐ。部屋の中の空気がごくかすかな緊張感をはらんでいた。しかし手揺姫も陽炎も、それを気にしているようすはない。

──と、頭をなでられて尾をふっていたエンが、ふいに鼻面をあげた。閉まっている扉へむかってひと声、太く吠《ほ》える。それと同時に外から扉が開き、だれかが室内へ駆けこんできた。入ってきた者を、〈揺るる火〉は一瞬、蛇か龍《りゅう》のようだと感じた。長い手足と髪を大きく躍動させて草の上を走ってきたのは、人の形をした娘だったのだが。

「うわあ、〈揺るる火〉だ!」

うたうような声で娘がさけぶ。細長い腕を伸ばして〈揺るる火〉の肩を抱き、娘はいっぱいに見開いた目を輝かせた。大きな口を開けて屈託なく笑う顔が、すぐそこにある。そばに立つ手揺姫のことも陽炎のことも、まるで視界に入っていないようだ。〈揺るる火〉は娘のあけっぴろげな表情に圧倒されるばかりで、痛いほど頬ずりをされてもぽかんとしていることしかできなかった。

「生まれたねえ。かわいいねえ、そっくりだね。わたしの妹が双子になったみたいだ」

妹。それで〈揺るる火〉は、この娘が手揺姫の姉、常花姫《とこはなひめ》であることがわかった。その名前も、あらかじめ頭へ組みこまれていた。手揺姫。常花姫。ともに神族宗家の、当代の頂点に立つ姉妹神だ。

「常花姫さま、またそのようなお恰好《かっこう》で」

陽炎が苦笑するが、その言いようはごくひかえめだった。

常花姫のいでたちは、〈揺るる火〉がこれまでに見たどれともちがった。手揺姫や〈揺るる火〉のような重厚な装束ではなく、肌着のような丈の短い薄衣《うすぎぬ》を一枚身につけているだけだ。長い手足はむき出しで、足ははだしだった。

「なんだ、陽炎が先に会いに来たのか。この子が生まれるのに反対していたからといって、ほかの者の前で会うのが気恥ずかしいんだな。ちゃんとほかの者たちへの〈揺るる火〉の接見にも、出席しなくてはだめだよ。明日には人間たちも〈揺るる火〉に会いに、神宮へやってくるんだから」

そう言って常花姫はおどるように、〈揺るる火〉と手揺姫の周囲を歩きまわった。手揺姫のそれともひばりのそれともちがい、しなやかに揺れる長い髪は明るい栗色をしている。

「姉さま、そんなにされては目がまわります」

「手揺はいつだって目をまわしているじゃないか。わたしなんかよりもずうっと目をまわして、虫の声でも草の声でも聞きわけて、自分でほかの生き物に乗りうつってしまうじゃないか。きのうはトカゲに憑依《ひょうい》していたろう？」

「……ええ。夜に、街の中を歩いていました。壁を伝って、人間たちの暮らすさまをながめるために、トカゲの目玉を借りました」

「そう。夜明けにトカゲが鳥に食われて、今朝はそうして目をさましたんだ」

姉妹神のやりとりを厳しい目つきでながめていた陽炎が、機敏に礼をした。

「それでは、わたくしは失礼を」

陽炎の声に、常花姫がぴたりと足を止めた。うしろで手を組み、陽炎の顔をまじまじと見あげる。先ほどまでと打って変わって、その顔からは表情がかき消えていた。

「今度、お前の虫を見せてよ」

常花姫の言葉に、陽炎の眉《まゆ》がほんの一瞬こわばった。

「虫を飼っているんでしょう？　きれいな虫。見てもかまわないよね？」

「……ええ、もちろんです」

そうこたえて、今度こそ陽炎は部屋を辞した。ちりちりと、天井をめぐる照明の電気がかすかに明滅した。

「夢告げがあったのですか？」

手揺姫が、不思議そうに姉に問いかける。常花姫はこたえるかわりに、しゃがみこんでエンの毛並みに顔をうずめた。首に腕をまわして頬ずりをする常花姫に、エンはうれしそうに尾をふる。陽炎がここにいたことなど、すでに忘れられているかのようだった。

「ちがうよ、夢を見なくたって、虫を飼いはじめたことくらいわかる。手揺は知らなかったの？」

ひとしきり犬をなでまわすと、常花姫はひざを伸ばして〈揺る火〉にむきなおった。すなおに育った若木のように背が高く、視線をあわせようとするとこちらが軽くあごを持ちあげなくてはならない。

「〈揺る火〉は七日後に発《た》つのでしょう？　それまでになにをしようか。どんなことがしたい？」

大きな、明るい目だ。ひばりとも陽炎ともちがい、二人の姫はその髪や肌からさやかな輝きをはなっている。姉妹のあいだに、明るさと温かさがひしと結びつきあっていた。〈揺る火〉は手揺姫に似せて作られ、体の核に大きな火をこめられているが、どこも光ってなどいなかった。

「あたえられた指令以外に、したいと思うことはない」

〈揺る火〉は、常花姫のすこやかな肩にすべる栗色の髪を見つめた。

「救援を必要とする人間を見つけること。美しいものを探してくること。いまその二つを至上命令としてあたえられている。空のさらに上から救援信号をしかるべき機関へ送り、地上にある美しいものを探せと」

その言葉に眉を曇らせたのは、常花姫ではなく手揺姫だった。なにかをこらえるように、小さく口を結んでいる。

った。

常花姫が首をかしげると、そのたたずまいは鎌首をもたげた大蛇のように見えるのだった。

「美しいもの？」

「美しいものを探せと、そう指令をあたえられたの？　へえ、それは人間側の書いた指令だな。美しいものだなんて、なぜそんな言葉にしたんだろう、お前を混乱させるにちがいないのに。救援要請の指令だけでよかったものを」

しだいに視線をうつむける手揺姫が、静かに首をふった。

「……人間は、完成までこの子を自分たちの管理下に置くことを求めていました。それを神宮へ移すよう、たのんだのはわたしです。そのようなわがままにかわりの条件を出すのは、わかっていたことです」

「そうか。それはたしかに、手揺が悪い。この子を生み出すことを、人間が提案してくれたというのに。ただでさえ長命という贅沢《ぜいたく》をしているわれわれが、どれほど些細《ささい》なことであろうと、人間をないがしろにするものじゃない」

ますますうつむく手揺姫を横目で見やって、常花姫はにやりと笑った。

「駆け引きなんかしている場合じゃないというのに、人間たちも大人げがないな。どうせ世界中にいい印象をばらまいておいて、戦乱がおさまったときに自分たちが優位に立とうとでも考えているんだろう。自分たちは死なずに生きのび、そしてこの戦争のあとに、まだまともな世界がつづいていると信じているんだ」

常花姫はそうして首を伸ばし、じっと〈揺るる火〉の顔をのぞきこんだ。まるでこちらを、頭から食べようとしているかのようだ。

「見つけておいで。お前の目が見たものを、地上にも映し出すのでしょう。美しいものとはなんだ。花か。野の獣か。鳥か。人の耕す畑か。都市か。爆撃の炎はどうだ。殺戮《さつりく》のために設計された兵器は美しくはないか？　略奪のかたわらの葬儀は。焼け落ちた聖堂は。人の消えた集落を歩く家畜たちは。捨てられた家は。頭をかかえて泣く兵士は。……なにもかもを見つけておいで。なぐさみなど、じきにあらゆる者にとって意味をなさなくなるんだ」

「…………」

黙っている〈揺るる火〉の腕に、手揺姫の手がふれた。

「姉さま、そんなことはありません。〈揺るる火〉はかならず、大勢の者をたすけます。命だけでなく、きっと心をも。われわれ神族の力がおよぶ範囲を越えて、人を救うことができる。そうすればわたしは……われわれは、ここに神族として存在していることを恥じずにいられます」

〈揺るる火〉を支えようとしているかのようなその手は、いつのまにか温かさを失っている。自分と同じすがたをした手揺姫が、なにに対して緊張しているのか、〈揺るる火〉には察することができない。

妹の訴えに耳を貸すそぶりもなく、呑《の》みこまんばかりに〈揺るる火〉を凝視していた常花姫が、だしぬけに吹き出した。そのまま笑いはふくらんでゆき、とうとう常花姫は、大口を開けて笑い声をはじけさせた。なにがそれほどおかしいのか、〈揺る火〉も手揺姫も、じっと黙って常花姫の笑いの発作がおさまるのを待った。

ふう、と息をつき、常花姫が床にぽかりと水をたたえる水槽を見やった。〈揺る火〉を生み出しおえた青い水は、ただ平らな水面をさらしているばかりだ。

「ありとあらゆる美しさを見つけてきなさい」

弛緩《しかん》した常花姫の横顔に、読みとりがたい気配が宿っている。

「それを地上のわれわれに、あますところなく伝えなさい」

大きな目が、眠たげにまぶたをなかばおろしている。常花姫は手を伸ばし、エンの頭をくしゃくしゃとなでた。

「……寝てくる」

そう言うなり、常花姫は栗色の髪を背中に引きずり、部屋を出ていった。エンが名残惜しげにうしろすがたを見送り、常花姫が通ったあとの草花がうっとりと揺れた。

星の形の照明のもと、姫神が一人だけになると、室内はすこし暗くなったように感じられた。

「姉さまはいつもああなの。快活で明るい方でしょう。なにをおっしゃるか予想がつかなくて、とても楽しい」

手揺姫は小さな口を上品な笑みの形にして、頬をほのかに染める。しかしすぐに、その眉じりがさがった。

「……〈揺る火〉。姉さまがおっしゃられたとおり、いまこの世界はとほうもない混乱の中にあります。われわれのいる神宮からは、じかに知ることはできないけれど……星の至る土地で、人と人が争い、その火の粉はどんどん飛び散ってひろがりつづけている。神族が見守りつづけてきたこの国も、その争いにくわわっています。人が、人を殺すために力を使っているのです。お前が生まれたのは、そんな世界。あともどりのできないほど、憎悪や策略が人々をつき動かしている……」

手揺姫の目が、〈揺る火〉の目をのぞきこむ。黒々とした瞳《ひとみ》は、〈揺る火〉が任務に就く空の上の色と、きっとそっくりだ。同時にきっぱりと黒い色をしたまつ毛が、この姫神がまごうことなく地の上に生まれて生きる者であると物語っていた。銀色にぼやけた〈揺る火〉の髪や目の色とは、まるでちがっていた。

「それでもわたしは、お前が人々の望みとなることを信じています。いつかかならず、争いはおわる。こんなに大きな殺しあいは、きっと長くはつづかない。それまで、人々をわずかでもたすけるため、〈揺る火〉、お前が必要なのです」

〈揺る火〉は何度か、ゆっくりとまばたきをした。手揺姫の言わんとしていることはわかった。だが、星の至るところで起きている争いというものについて、具体的に想起することができなかった。それらはまだ、頭の中へ書きこまれていないのだ。

それでも〈揺る火〉のなすべきことは手揺姫の願いを叶《かな》えること、文字を通して頭の中へ書かれた指令を遂行することで、それ以外の存在理由はあたえられていなかった。〈揺る火〉はひばりからわたされた紙人形を、着物の懐へさしこんだ。

「安心して。指令のとおりにする」

〈揺る火〉がそう言うと、手揺姫はなぜだか泣きそうな顔になり、星の照明がめぐる室内の明るさが、またすこし弱まった。


一日がたった。

〈揺る火〉はどうやら、時間の大半を機械の部屋ですごさねばならないらしかった。より詳細な内容の書かれた長い紙をわたされ、そこに書かれた文字をとりこんでゆく。

機械の部屋では重い衣服を着なくともよく、それだけが救いだった。指令を読み、体の各部を調整されるたびに、背骨の髄をつめたい虫が這《は》うようだったが、金属の台の上でじっとそれに耐えた。

指令は軌道上で〈揺る火〉がとるべき行動をこと細かに指示する。正確な筆運びで整然と書かれたこの文字たちは、手揺姫が綴《つづ》ったものではないと感じた。

〈揺る火〉は、人間にも会った。常花姫の言っていたとおり、人間たちが〈揺る火〉を見るために神宮を訪れたのだ。接見の間へ連れてゆかれ、人間たちの前に立った。短い髪をし、中途半端に年老いた人間は、神宮の中にいる者たちとは気配がまるでちがった。数人のつき人を連れたその人間が、姫神と対等の立場にある者らしかった。

「これが完成品か」

名のりもしない人間は、〈揺る火〉に機械にするように接した。体のあちこちにさわり、しげしげと顔を近づけてながめまわした。

「この核に、宗家の火が……」

そう口にして、人間は自分の言葉におののいたのか、腰を伸ばして〈揺る火〉から距離をとった。部屋の奥、〈揺る火〉の背中側には、顔を半分隠した白装束の者たちがひかえ、人間たちを見張っていた。

「しかしこの見てくれでは、各国からお遊びだと思われかねない。他国がいよいよ実用に乗り出すという〝魂の船〟と銘うった人工生物に、この計画で対抗せねばならんのだ。鯨を模した人工生物に、死者の名を刻むなどというしろむきな計画ではない。世界にまだよきものがあることを知らしめて、いま生きている者に、この先の世界への希望をもたらす。その役割をわが国がになえば、世界中の人間に好印象を植えつけることができる。……打ちあげまでに、こちら側で最終調整をさせるよう、もう一度姫神と交渉の場を設けなくては。戦火が消えた暁には、わが国が世界を率いる立場にいなくてはならないのだ」

〈揺る火〉に言葉が理解できているとは、微塵《みじん》も思っていないようすで人間は言った。

この人間が、あの指令をあたえたのだろうか。美しいものを見つけてこいと。

あらゆる美しさを見つけてきなさい。

それを地上のわれわれに、あますところなく伝えなさい。

常花姫の言葉の本意がわからなかった。自分と同じ顔の手揺姫とちがい、あの姫神の考えや行動は読みづらい、そう思った。数日ののちには、彼女たちと言葉を交わす機会も失われるのだったが。

人間たちが去ったあと、玉巻《たままき》、千重波《ちえなみ》という二人の女官が〈揺るる火〉を迎えに来た。〈揺るる火〉の身のまわりの世話を焼くのだという。食事も排泄《はいせつ》もせず、外へ出かけることもない〈揺るる火〉の世話といっても、着物を着せ髪を結う程度だったのだが、二人の女官は片時もそばをはなれなくなった。〈揺るる火〉の左右から二人がさがるのは、機械の部屋で金属の台に乗るときと、水槽の部屋で姫神たちに会うときだけだった。

機械の部屋のかたわらに用意されたこぢんまりとした部屋で、女官たちは丹念に〈揺るる火〉の身づくろいをした。

「手揺姫さまに似て、ほんとうにお美しい」

椅子にかけた〈揺るる火〉の足に足袋《たび》を履かせながら玉巻が言い、

「髪はほうき星のお色じゃ。夜空に浮かぶところは、さぞ雅《みやび》やかなことでしょう」

ずるずると長い銀の髪を梳《くしけず》りながら、千重波がうっとりと目を細める。

女官たちはともに神族の宗家である火の氏族の者で、この国を守護する神族について、その長い歴史や現在いる五つの氏族とその力について語って聞かせた。指令と同じく紙に書いて読ませればいいものを、女官たちは歌でもうたうように、〈揺るる火〉の耳もとでかわるがわるに語ることを楽しんでいるようだった。

「わたしが読む文字を書いているのはだれなの？　手揺の文字じゃないようだった」

〈揺るる火〉が問うことに、女官たちはよどみなくこたえた。

「手揺姫さまは、神族の柱となることにお力をそそいでいらっしゃいますので、かわりに宗家の者が文《ふみ》を書いておるのです。宗家の中でも、とりわけ姫さまに近い者だけが、書くことを許されております。……人間も文をよこしてきているようですが」

「どうかくれぐれもおとりこぼしなく、お読みくださいませ。人の子を一人でも救おうという手揺姫さまのお考えは、われわれ神族全体の願いでございます」

二人の女官の声音が、幾重もの輪になって〈揺るる火〉の耳へ響いた。


ずっと建物の中ですごすうえ、〈揺るる火〉が入ることのできるどの部屋にも窓がないため、時間の変化は目に見えない。体に組みこまれた機構によって時間の経過を計測するばかりだった。昼間のほとんどを機械の部屋ですごし、いまこの星の状態と過去の複雑な歴史についての文字を読み、女官たちによってとなりの部屋へ連れられ、そのあとの夕刻を手揺姫たちとすごした。そのくりかえしだった。

「常花姫は、どうしていつも部屋で寝ているの？」

体が弱いようには見うけられないので、ずっと不思議に思っていることを女官たちに問うてみた。

「それが、常花姫さまのお務めなのです。夢告げをおうけになり、それをわれわれにお伝えくださることが」

「預言をするということ？」

「そのようなお力です。……常花姫さまがこの戦争についても夢告げをおうけになっていらっしゃったのに、食い止めることができなかった。そのことに、手揺姫さまは大変にお心を痛めておいでなのです」

「常花姫さまが、人間に警告をなさったというのに。聞き入れる者などおりませんでした。大きな争いによって、いまやこの世界のあらゆる生き物が、植物が、それらが生きるための土と水が穢《けが》されています」

国を統治している人間たちは、神族をよく思ってはいないようすだった。ひょっとすると、〈揺る火〉に対してそうであったように、神族は人間たちから、まともに言葉の通じない存在としてあつかわれているのかもしれない、そう思った。そして神族もまた、人間を自分たちよりも低く見ている。——その両方の技をあわせて作られた自分は、さぞいびつな存在であるにちがいない。

「ひばりは？」

〈揺る火〉は鏡の中の自分を見つめながら尋ねた。

「あのひばりという子は、どこの氏族の者なの？　手揺姫たちの弟？」

すると、長すぎる髪を丹念に編んでいた玉巻と千重波が、二人同時に手を止めた。白粉《おしろい》をまとった顔が、おどろきのために鏡の中でゆがむ。

「弟だなどと、とんでもない」

玉巻がいとわしげに首をふった。

「まさかあれは、〈揺るる火〉や姫さま方の前へまかり出ておるのですか」

千重波が片目をすがめる。

「姫さま方が、甘やかされるものだから。……あれは、ほんとうならば気安く姫さま方の御前へまかり出てよい者ではないのです。宗家の血筋ですらない」

「あれは風の氏族に生まれた。それだというのに、氏族に特有の能力が使えない。異端なのです」

「自分の立場もわきまえず、いつまでも姫さま方に甘えているのですよ。幼い童《わらべ》のようにして。いやらしい」

そうしてしゃべりながら、玉巻と千重波は〈揺るる火〉の結いあげきれない髪を前の日とはちがう形にまとめ、翡翠《ひすい》のあしらわれた飾りを幾つもさした。

「あさって」

鏡越しにしあがりを満足げにながめ、玉巻が言った。

「あさってには空へ行くのですね。空よりもまだ高いところへ」

「そう。そして千年彗星が、この世を照らすのです」

千重波が、鏡の中の〈揺るる火〉へ笑いかけた。

ひばりにわたされた紙人形をどうしてよいやらわからないまま、ここを去る日が近づいてくる。

玉巻と千重波につきそわれて、まっすぐな廊下のむこうの扉へむかう。体が重かった。この上質な衣服も飾りも、もう身につけていたくない。ここの重力は、〈揺るる火〉には強すぎた。しかしあさってには、すべてから解きはなたれる。ここにあるものすべてから、一人切りはなされる。

さびしいとも、おそろしいとも感じなかった。自分の就く任務に対する気概もなかった。使命感もよろこびもない。……ただ、生まれた翌日から学習させられたこの星の惨状に疲れていた。焼け落ちた都市があり、脚を失った子どもがいた。老いた者が不当に処刑され、略奪がくりかえされた。幼い子どもは武器を持たされ、建造物も森も農地も人体も、人と関わりのない野の生き物たちも、ひとしく容赦のない破壊にさらされていた。ほんとうだろうか。ほんとうにあのような破壊が、いまこの瞬間もくりひろげられているのだろうか。ここへは、兵器が火を噴く音もだれかの悲鳴も聞こえてはこないのに。

廊下の先、扉のむこうで、手揺姫がエンを連れて待っている。その温かな気配にすがるように、〈揺るる火〉は進んだ。

あと数歩で扉へたどり着くというとき、ふいに後頭部へなにかがふれた。違和感が目を見開かせる。頭部へ衝撃がくわわり、視界が一瞬だけ暗転した。即座にとりもどした視界からは色彩が失われ、周囲はざらざらと赤黒く映るばかりだった。

なにが起きたかを確認できないまま、〈揺るる火〉は手を動かす。体が自動的に均衡をたもとうとする。しかし半身が床に接したまま動かない。そこでやっと、自分が床へ横だおしになっていることを知った。起きあがろうとするが、無駄にもがくばかりで制御がきかない。

赤と黒にざらつく視界に、目をむいてたおれた玉巻が見えた。玉巻の心肺が停止していると、目と脳が伝える。

もう一つの手、〈揺るる火〉の髪を巧みに結いあげる細い手が腹のあたりへ伸びてきて、線をえがいた。〈揺るる火〉のみぞおちへ、なにかかたいものがつき刺さる。

状況が理解できなかった。頭の中がきしきしと音を立ててひずむ。耳が拾う音はぶつ切れで、鼓膜をつんざき意識を攪乱《かくらん》させた。

（紙――）

そうだ。あの紙人形を使うべき状況だ。だがどのように使うのかを〈揺るる火〉は知らず、知っていたとしても指先の感覚が完全に遮断されてつかみとることは不可能だった。

玉巻がなぜか死んでいる。死にかけているものを救うために自分は作られたのではなかったか。いや、まだ蘇生《そせい》ができるかもしれない。急げばたすかるかもしれない。たすけを要請すれば——

ごとん、と胸の下に衝撃が走った。体が痙攣《けいれん》を起こし、頭部が床へぶつかる。まぶしい。胸の奥。体の核にこめられた火が燃え立とうとする。腹部につき立った刃物の傷から、火のこもった核が空気にさらされている。抑えのきかないままに炸裂《さくれつ》しかける。

手が。何者かの手が刃物をにぎって傷口を押し開け、〈揺る火〉の炎に伸びてくる。核にある火にふれようとしている。

その手から自分を守るべきか、暴走しかける火を消すべきか、玉巻のためのたすけを呼ぶべきか、〈揺る火〉はどれ一つ選べないまま痙攣を起こし、視界を明滅させるばかりだった。

「陽炎」

声がする。

「千重波、お前まで。だめだよ、わたしの妹の妹を」

ぺたぺたと、むき出しの足がこちらへむかってくる。それとはべつに、白木の下駄《げた》が床を鳴らす。だれかが来たのだ。

何者かにかかえあげられ、体が浮いて、視界がふたたびまっ黒に染まった。

(火は)

火は燃えあがらずにすんだらしかった。数秒が経過しても、〈揺るる火〉の体は消滅していない。核にこめられた火が暴発すれば、まちがいなく〈揺るる火〉の体は一瞬のうちに蒸発して消えているはずだった。刃物の刺さった腹部へ目をやると、無駄な装飾をはぶきつつもしとやかなつやをまとった短刀の柄《つか》が、帯のまん中からつき出ている。異物が体内へ侵入しているが、機能停止は起きていなかった。

風が吹いている。

一つ。二つ。星が、ほんものの星がともっている。それを見て〈揺るる火〉は、視覚がもとにもどっていることを知った。痙攣も止まり、頭の中の混乱も消えていた。

空があった。いままで一度も見たことのなかった空だ。天頂は深々と宇宙の色に染まり、朱と水色の溶けあう中空をへて、地のきわはめらめらと黄金色に輝いている。その空に星が光っている。何万年もの時をかけてとどいた、古い光だ。

身動きのできない〈揺るる火〉が屋根から転落せずにすんでいるのは、だれかに体をかかえられているからだった。黒装束をまとい、白い布で完全に顔を隠した何者かが、腹に短刀のつき立った〈揺るる火〉の体を腕にかかえていた。得体の知れないそのだれかからは、ひばりからわたされたあの紙と同じ気配がした。生きたものの気配ではなかった。

「……貴様、なんのまねだ」

聞こえたのは、ひばりの声だった。みずらの髪を激しく風に揺らして、屋根の上に立っている。

「それはこちらのせりふだがな。お前のような末端の者が、首をつっこむことではない」

低い声が応じる。ひばりが屋根のむこう端に立つ者を、鋭くにらみつけている。その視線の先にいるのは、陽炎だった。手揺姫の犬に名をあたえたと言っていた、あの樺色《かばいろ》の直衣《のうし》の神族だ。殺気立つひばりと相対しながら、陽炎は武骨な顔になおも悠然とした笑みを浮かべている。

「千年彗星を、浮かべるべきではない」

陽炎の手が、実体を持った紙人形にかかえられた〈揺る火〉を指さす。〈揺る火〉は視界をとりもどした目で、この場に手揺姫がいないことをたしかめる。この場で起きていることを、これからここで起きるであろうことを、あの子に見せたくはなかった。

「そもそもが、そんなものを作るべきではなかった。その人形を作るためについやした労力で、どれだけの者を救えたか。手揺姫さまは、世の流れを見誤っておいでだ。これでは神族が人間の傀儡《かいらい》に堕するほかない。それは、人間が姫神さえをも複製できるのだと力を誇示したいがための、悪趣味な飾りにすぎん」

かた、とひばりの下駄《げた》の下で瓦《かわら》が鳴った。

「口をつつしめ。姫神さまを侮辱することは、ぼくが許さない」

澄んだ声音を精いっぱいに低めて告げるひばりに、陽炎はどこかあきれたかのように、目をふせてかぶりをふった。

「手揺姫さまへの忠心あればこそだと、わからないか。異端だとさげすまれて、神族としての役割を放棄したのか。異端であろうと力は力だ。お前はそれを役立てる道を探るべきだ。そして、神族本来の役割を忘れるな。——われわれは人間だけでなく、この国土のあらゆる自然物を祝福し、それを守るために存在している。人間たちと姫神の人形遊びにつきあうことなどでは、断じてない」

空気が動くのが、〈揺る火〉の目にはっきりと見えた。ひばりが小さく息を呑《の》む。陽炎が、屋根の端から一瞬にして間合いをつめてきた。大気が熱くうねる。音を立てて燃える火が陽炎の右手から生じ、その手がひばりの腹部へ食いこみかける。すんでのところで体をひねり、屋根をすべり落ちて炎をかわすと、ひばりは急角度の屋根瓦を蹴《け》って高く跳躍した。

いま、地上の至るところで起きている争いの、その根源とは、このようなものだろうか。

こんなふうにして殺しあうのか。

ひばりが袂《たもと》からぬきとった白い紙をはなった。三枚の紙片は空中でふくらみ、陰影を持った人の形へ変じる。顔を覆う白い布と高下駄、〈揺る火〉をかかえている黒装束と同じすがただ。

三方向からの攻撃が、同時に陽炎にせまる。

星が空に貼りついている。地上で起きていることに小揺るぎすらせずに。——自分もあんなふうになるのだろうか。短刀が刺さったままの腹の傷から、血は一滴も流れない。それでも動くことはできなかった。動くことのできないまま、〈揺る火〉はくりひろげられる出来事を見ているばかりだった。殺意がこの場の重力をかき乱していた。

赤い熱が空気を焦がした。三体の黒装束がその火に焼かれ、またたくまに灰になる。黒い煤《すす》が風に舞う。一つの攻撃もうけないまま、陽炎は腕から生じさせた炎でもう一度空気を薙《な》いだ。自らの周囲に突風をまとって相手の懐へ入りこもうとしていたひばりが、まともにその火力にあおられる。

頭部をかばいながら吹き飛び、肩から屋根瓦へ激突する。そのまま滑落しかけるが、片手をついて危うく屋根のへりにとどまった。

「お前のような邪道が、火の力に太刀打ちできると思ったか」

わななきながら体を起こそうとするひばりを、陽炎が見おろした。つまらないものを見ているような目つきで、そこにはひばりに対する怒りも憎悪もなかった。

肩をすくめて、陽炎が〈揺る火〉へむきなおる。

「さあ、お前はここで壊れるのだ」

雷のように冴《さ》えた色の炎が、陽炎の手から立ちのぼる。が——

栗色の髪が、〈揺る火〉の視界を一瞬覆った。どこからおり立ったとも知れないうしろすがたが、すぐ目の前に現れる。肌着も同然の薄物しか着ないから、腕も脚もむき出しだ。そんな恰好《かっこう》のまま外へ出てきて、

「やめろと言ってるだろう。わたしの妹の妹に」

常花姫は、いつもと変わらない口調でそう言った。

泰然としていた陽炎の顔が、わずかに曇る。

「玉巻はたすかったよ。ちゃんと生きている。——さっき、また変な夢を見た。宗家のわたしたちが使う火が、この火がこの星のほとんどの人間を殺してしまうんだ。神族のことも」

首をかたむけた常花姫のてのひらの上に、花のつぼみの形をした小さな炎が生まれる。めらめらと、つややかに輝いて燃えている。

「この火が、まもなくだれもかれもを殺すようになる」

声音が、殷々《いんいん》と響きわたり、空へ吸いこまれて消える。

「……姫さま、おさがりください」

はだしで屋根の上に立つ常花姫に、陽炎が低く告げる。その声音は吹きやまない風に呑みこまれて、どこかへ飛び去りかける。風に髪をもてあそばれながら、常花姫が小首をかしげた。

「だめだよ。だってお前、この子を殺そうとするもの。千重波まで利用して」

ほのかな笑みを浮かべたままの常花姫の顔を、手の上の火が金色に照らしている。

「利用したのではない。千重波も同じ思い、われわれはずっと、その人形を作ることをやめるよう訴えてまいりました」

ふうん、と常花姫は、自分のてのひらの上に燃えている炎を見つめる。そうしてふいに、〈揺る火〉へ肩越しにふりむいた。

「玉巻のことは、手揺が手当てをしたの。いまは千重波と話をしてる」

「話……？」

不審げに問うたのは陽炎ではなく、〈揺る火〉だった。千重波は、陽炎といっしょに謀反を起こしたことになるのだろう。その場合、まずは捕らえて拘束するものではないのか。頭の中には、そのように書きこまれたが。――

「そう。手揺は、手のとどかないところでだれかが死んでゆくのを、いつもいつもくやしがっているから。千年彗星の目があれば、神族の力のおよばない国土の外、この星のあらゆる場所で見捨てられつつある者たちを、きっと救うことができる。だからあの子は、人間たちに自分の体組織をさし出したんだ。〈揺る火〉の材料として。それを、千重波に伝えようとしてるの。伝わるかは知らないけど」

吐き捨てるように、陽炎が小さく笑った。口もとにゆがみが生まれる。常花姫の登場によって一旦《いったん》消えた手の上の火が、深紅に色を変えてふたたびじわりと燃えはじめる。

「さだめて、姫さまの話は通じますまい。そのような世迷言《よまいごと》で、一体だれを救えましょうか。姫さま方も多くの神族も、自分たちの矜持《きょうじ》を捨てようとしているとしか思えない。それは人間たちが作り出した操り人形だ。――こんな人形を生むことが、神を名のるわれわれのすべきことか。この星を食いつぶしつづける、人間のすることとどこがちがう」

「さあね」

声に挑発的な笑いをふくめて、常花姫が両の腕を左右へ伸ばした。

「世迷言なのは認めるよ。千年彗星の打ちあげに、なんの意味もないかもしれない。いや、無意味なだけならまだいい。千年彗星を生むためにはらった犠牲が、滅びを加速させてさえいるかもしれない。お前や千重波の言うとおりに、人間のいいように利用されているんだろう。――だけどそれでもわたしは、妹の決めたことを否定させない。手揺は生まれる前から神族全員の柱となり、それぞれの力の均衡をたもつ責任をおうことをさだめづけられた。だけど手揺が望むのは重責を逃れることじゃなく、姫神の力を使ってこの星中の人の子を一人でも多く救うことだ。あの子は必死で考えて、人間に利用されることも承知の上で決めたんだ。だからあの子をこれ以上、嘆きも絶望もさせはしない」

常花姫がひじを折り、胸の前で両手を近づけると、てのひらの上の炎が強く燃え立った。つぼみの形だった火が、幾百の花弁を獰猛《どうもう》に開き、まぶしく渦を巻いてゆく。両手のあいだの炎の輝きが、常花姫の瞳《ひとみ》からほとんど色を消し去った。

「でないとあの子は、自分の嘆きをかかえきれずに、この国一つくらいなら焼いてしまうだろうからな」

風の音がかき消え、常花姫の低い声だけが鼓膜をふるわせた。しかしそれは一瞬のことで、すぐにまた空気のうなりが聴覚をかき乱した。

　その強風の中、宇宙の色をした空の下を、はらはらと虫が飛んだ。陽炎の手の中から出てきた、それは小さな貝に似た茶色な蛾だった。炎から生まれた煤のように、虫たちが群れて飛ぶ。陽炎の飼っている虫を見せてほしいと、常花姫が言っていたのがずいぶん古い記憶として呼び起こされる。むき出しの両手の先にまぶしい火を燃え立たせた常花姫の長い髪が、熱気にあおられ天へむけて逆立った。

「ひばり。危ないから〈揺る火〉を中へ入れて。手当てをしてやって」

「……はい」

　それまで半身を起こして常花姫を見守っていたひばりが、こうべを垂れた。〈揺る火〉をかかえる黒装束が、ひばりにつづいて屋根から飛びおりた。

　静かな部屋に、〈揺る火〉は横たわっていた。それは、あの水槽のある部屋とはちがった。星の照明はともっておらず、床に草花も生えていない。

　かわりに白い紙で覆いをされた照明がともり、いくつもの台や棚が置かれているのを、〈揺る火〉は床の上から見あげていた。台の上にも棚の上にも、たくさんの白い紙細工が置かれているのが見えた。天井からも糸で吊《つ》られた紙細工が垂れている。紙の繊維のふくむ空気が、この空間そのものに侵しがたいおだやかさを生んでいる。

「〈揺る火〉、お加減は」

黒装束は消え、そばへひばりがひざを折って顔をのぞきこんでいた。静かな部屋には、ほかにだれもおらず、紙のにおいだけが満ちていた。

「……故障の度合いはひどくはない。復旧できる」

〈揺るる火〉はこたえたが、自分の声がどこかべつの場所から聞こえるように思えた。短刀のつき立った腹から、血は流れない。整然とおさまった擬似臓器が、よどみなく働きつづけていた。

玉巻と千重波の手でまとめられた髪が、ほどけてしまっていた。長い長い銀の髪が、どこへもたどり着かない川のように床の上を流れている。

部屋いっぱいのおびただしい紙細工は、動物や虫や鳥の形をしていた。どれも、一枚の紙を折ってこしらえあげたものだ。

「お前もけがをしたでしょう？」

ひばりの体から発せられる気配がゆがんでいる。天井から糸で吊られた紙の蝶《ちょう》が、かすかに揺れてこすれあった。

「いいえ。けがなどしていません。あの不届き者の動きに、もっと早く気づくべきでした。〈揺るる火〉にこのような狼藉《ろうぜき》を働くことを許してしまった。……申し訳ございません」

つらそうに言うその声を、〈揺るる火〉は耳になかばとりこみ、なかばは聞き流した。

「常花姫は、まだ外？」

「そうです」

「陽炎といっしょなの？」

常花姫がけがをしたら、手揺姫が嘆くにちがいない。しかしその問いに、ひばりはゆっくりとかぶりをふった。

「常花姫に太刀打ちできる神族などいません。ご安心ください、あれは相応の罰をうけるでしょう」

その返事が、室内の空気を静かにそよがせ、さまざまな形に折られた紙に吸いこまれてゆく。

「もっとよく見たい。お前が作ったの？」

〈揺るる火〉が言うと、部屋中に置かれた紙細工たちが、翼や脚を動かして自分でこちらへ集まってきた。鳥。鹿。牛。花。狼。大蛇。馬。風車。虫。入れ子の箱。……〈揺るる火〉の視線の先で、白い紙でできた動物たちの頭や四肢はなめらかに動いた。一匹の猿が〈揺るる火〉の胸へするするとのぼってくると、細い尾をくねらせながら、目も鼻もない顔でこちらをのぞきこんだ。

「きれいね。なぜもっと早く見せてくれなかったの？」

ひばりの眉《まゆ》が重く曇っている。まるで〈揺るる火〉ではなくひばりの腹に、短刀が刺さっているみたいだった。

「……これは、ぼくの異端の力だからです」

「紙細工を作るのが？」

「火と風と土と水と木、自然物と呼応するのが神族の力。ぼくのように、人工物を操るような力は正統ではない。これは――人間の力に近いのだと」

すこしのま、〈揺るる火〉は黙って、紙の生き物たちをながめた。どの生き物にも顔がない。

「なぜこんな異端が生まれたのかと、ひどく問題になったそうです。姉上たちがいてくださらなければ、ぼくは抹殺されていたでしょう」

「わたしのように？」

〈揺るる火〉が問うと、ひばりの顔がゆがんだ。なにかに耐えるように歯を食いしばっている。〈揺るる火〉は耳を澄まし、この部屋の神宮内での位置と手揺姫の気配を探ってつきとめた。二人の姫神が自ら応対しているせいか、神宮の中で騒ぎが起きているようすはない。姫神たちが、反乱者の動向をほかの神族たちから隠そうとしているのかもしれなかった――その理由は、〈揺るる火〉にはわからなかったが。

「ひばり、この腹を治して」

ひばりにはそれができるはずだった。完全に修復することはできなくとも、傷口をふさぐことは可能なはずだ。

しかしそれにはこたえず、ひばりは〈揺るる火〉の顔を見おろしつづける。

「――ほんとうは」

まなざしはこちらを見おろしているようで、しかし〈揺るる火〉に焦点をあわせてはいなかった。高い声もまろやかな輪郭も、十にも満たない子どものようだ。

「ぼくも〈揺るる火〉に、空の上へ行ってほしくはありません」

思わず、目をしばたたいた。かさかさ、と雪の色の動物たちがささやかな足音を立てる。

「姉上は……手揺姫さまは、ずっとお一人で神族の柱である姫神の務めをせおっておられる。この国の守るべき生類を守ることのできない自分たち神族と、まともに話の通じない人間たちに、憤っておいでなのです。ぼくは信じないけれど、姉上は神族も人間も、いつか真に対話ができるはずだと言っておられた。神族と人間とが生み出した〈揺るる火〉が空よりも高く飛ぶならば、自分も自由になる心地がすると、そう言っておいでした。でも」

床がつめたい。しかしそのつめたさも、しだいにわからなくなってゆく。このまま時間がたてば、〈揺るる火〉の体は機能しなくなる。二度と修復できなくなる。

「ぼくには納得できません。遠くの人間たちを救うために、あなたはだれもそばにいない虚空から、ありとあらゆる残酷なものを見ねばならない。破壊や殺戮《さつりく》や、血を。――そしてそれを、〈揺るる火〉、あなたが自分で選んだのではない。生まれる前からそうさだめられて、生まれてきたのです。なにも選ぶことができずに、過酷な任務に就かねばならない。それではまるで……手揺姫さまと同じです」

ひばりの顔が泣きそうだった。〈揺るる火〉は気の毒に思ったが、なぐさめようにも指の一本すら、自分の意思で動かすことができなかった。

「千年彗星として飛ぶための機能が失われれば、〈揺るる火〉はここにとどまっていられる。おそろしいものを、たった一人で見ないですむ」

紙の動物たちが、目のない顔で〈揺るる火〉を見守っている。ひばりはここで、自分が壊れかかるのを待とうとしている。千年彗星として軌道上へ浮かべられ、長い年月を残酷なものを見てすごすくらいなら、ここで〈揺るる火〉の機能の一部を破壊する。……そう覚悟を決めて、いまにも泣きだしそうな顔をしているひばりを、〈揺るる火〉はじっと見あげた。

「わたしは、手揺を泣かせるのはいや」

そう〈揺るる火〉が言うと、ひばりがはっと肩をふるわせた。

「世界が正気をとりもどすには、きっともう手遅れだと思う。手揺もそう思っている。だけど、だからあの子は、一人でもいいからたすけたいのよ。わたしを使って。そうでもしないと、とても自分の正気をたもっていられないから。……それでたすかる者があるなら、理由などどうでもいいはずでしょう。大きな破壊は、いつまでもはつづかない。はじまったことには、どこかでおわりが来る。それまでに一人でも多くをたすける。手揺がそう決めたなら、わたしはそれでかまわない」

ひばりがうつむき、顔をそむけた。

「……おわるのですか？」

問う声が、ひどく心細げだった。

「人間たちの私利私欲と欺瞞《ぎまん》のために、この星の自然物は、徹底的な破壊をうけている。もう、とりかえしはつかない。それなのに人間どもは、やめようとしないのです。——こんな争いが、おわるのですか。そんな日が来るのですか」

「そう学習している」

〈揺るる火〉がこたえると、ひばりがこちらをむいた。黒々とした瞳《ひとみ》は、手揺姫のそれとよく似ていた。

「……おわったら、ここへ帰ってきてくださるのですね？」

「帰還するよう、指令が書きこまれている」

するとはじめて、ひばりの顔にささやかな笑みが生まれた。帰り道を見失った子どものように笑う。

「わかりました。帰還されたのちには、どうか、自由になってください。それが、〈揺るる火〉への——姉上への願いです」

そう言ってひばりは短刀の柄《つか》に手をかけ、〈揺るる火〉の負傷した腹の上へてのひらをかざした。

水の中で、〈揺るる火〉はふたたび目をさました。

白銀の髪が花弁のほころぶようにほぐれ、そのむこうにとろりと青い水面が現れる。なつかしい光のほうへ、体が浮上する。壊れた箇所はきれいに修復され、空へ飛び立つのにまったく問題はなかった。

軌道上での任務に就くのは今日だ。

水から顔を出した〈揺るる火〉へ、待ちうけていた手揺姫が手を伸ばす。顔色が、いくらか蒼《あお》ざめて見えた。眉と口もとが張りつめ、手揺姫はなにかに耐えながら、黒い目をひたむきにこちらへそそいでいた。細い手につかまるのはやはりためらわれたが、〈揺るる火〉はさし出された姉妹の手をとり、自分の体重の一部をあずけた。

もう、重い衣装をまとわずともよかった。〈揺るる火〉が身につけているのは、ここで生まれたときと同じ、常花姫が着るものよりもさらに簡素な薄物一枚きりだった。

立ちあがると、水分をふくんだ髪が、背後でざわ、とそよいだ。星の形をした照明が、ゆっくりと天井をめぐり、黒々とした手揺姫の髪に複雑な光を投げかけている。

「ひばりは？」

室内には、手揺姫とエンのすがたしかなかった。

「あの子は、今日は来られないの。〈揺るる火〉の打ちあげには、人間と宗家の者しか立ち会えない」

その宗家の者が、自分を壊そうとしたのだった。〈揺るる火〉のことを、人間の操り人形だと言っていた。

「陽炎は？」

「隠匿刑になりました。千重波といっしょに。生きてはいるけれど、いまは存在しないことになっています」

手揺姫の悲しげにふせた目が、かたわらのエンへむけられた。手揺姫の気持ちに感応するのか、白い大犬はわずかに耳をうしろへたおし、困惑した顔をしている。それでもいたわしげに、手揺姫の手をゆっくりとなめた。

「常花姫は？」

知っている者が、ここには手揺姫しかいない。〈揺るる火〉は自分の知っているわずかな者たちの所在を、一つ一つたしかめずにいられなかった。姉姫の名を出したとたん、手揺姫の気配が、ふわりと温かみを帯びた。顔をあげ、どこか困ったように笑う。

「お昼寝をしておいでです。屋根へのぼってから、眠くてたまらないのですって」

その口ぶりから、常花姫がどうやら無傷でいるらしいことがわかった。

「玉巻も無事です。〈揺るる火〉のことを、玉巻はずっと心配していました。――〈揺るる火〉」

手揺姫の手が、〈揺るる火〉の手をとった。同じ大きさ、同じ形のその手は、ついいましがたまで水中にいた〈揺るる火〉の手よりずっとつめたく、かすかにふるえていた。エンが大きな舌でなめたのに、犬の体温はわずかもその手を温めてはいなかった。

「陽炎が言ったのですね。お前が作られたことが、はたして正しかったのかどうかと―

―過ちだったのではないかと」

〈揺る火〉はうなずく。独立した生き物のように、長い銀の髪が重力を無視して揺らめく。

「正しさで選んだのではなかった。病みはててゆく世界のため、できることならばなんでもしようと思った。それがどれほどひどいことであっても、せずにはいられなかった。

……お前は、わたしのかわりに苦しむ人を見つけ、たすけを呼ばなくてはならないの。一人ぼっちで。それでも、一体どれだけの者をたすけることが叶《かな》うか、実際にやってみなくてはわからない。これはただの――わたしの、わがままです」

手はふるえているのに、手揺姫のまなざしはまっすぐで、毅然《きぜん》としていた。その黒い髪も頰やあごの線も、手揺姫の決意の深さを形にして空気に彫刻しているかのようだった。

〈揺る火〉は自分の姉妹にむけて、小さく頰笑んだ。

「一人でも平気よ、そのように作られているから。人をたすけ、そして、美しいものを見つけてくる。この星にまだ存在する、ありとあらゆる美しいものを」

〈揺る火〉の言葉に同調して、髪が一瞬ごとに変わる複雑な網目模様を織りなす。もうだれも、この長すぎる銀の髪を結いあげることはない。

手揺姫が一度まぶたをふせ、ふたたび開いた。花が開くようだと思った。手揺姫のその目の奥に、陽炎がひばりを打った火よりも、常花姫が陽炎に応じるため生んだ火よりも猛々《たけだけ》しい炎がひそんでいるのが、はっきりと見えた。

「わたしはいつもここにいて、〈揺る火〉の帰りを待っている。そして、あなたが空の上での務めをおえたあとには、姉さまやひばりやエンといっしょにすごしましょう。見てきたもののことを、なにもかも話して聞かせて。約束です。燃え立った火がいつかは消えるように、人と人の殺しあいもいつかはとだえる。火が消えたら、帰ってきて。そうしていつまでも、ずっといっしょにいましょう」

〈揺る火〉はなにも言わず、ただうなずいた。エンが、徐々にうねりを大きくしてゆく銀の髪におびえ、身をすくめて後退した。

「約束です」

もう一度言うと手揺姫はそっと力をこめて〈揺る火〉の手をにぎりしめ、はなした。

〈揺る火〉はそうして、廊下をぬけ、神宮の前庭へ出た。幾百の花が咲くようにともされたたくさんの火明かりのうしろに、赤い装束をまとった宗家の神族たちと、人間たちがひかえていた。空は太陽を真上にいただいて、青々とはるかに澄んでいる。

いまや重力の縛りを完全にふり切って複雑に揺らめく銀の髪だけを従えて、〈揺る火〉は一人、虚空へのぼった。空の青さがくらみ、むき出しの太陽光が星々にすさまじい陰影をあたえる地点まで、一度も止まることはなかった。

そこに音はなく、〈揺る火〉の体を支えるのは、とほうもない引力の均衡だけだった。

壮大な青い地平が眼下にひろがっている。このちっぽけな体に備わった目だけでは、とても満足な数の人間を救えるとは思えなかった。それでも〈揺る火〉は、黙って目を凝らした。持っているものは、手揺姫に似せて作られたこの体しかないのだ。

火が消えたら。地上に燃えている殺戮《さつりく》の火が——無音の空間で、手揺姫の告げた約束が、耳の奥に響きつづけていた。

約束がはたされることは、なかった。

第四話　欠ける月

ヒョヒョヒョ、と夜半にめずらしく鳥が鳴く。

森の甘いにおいを肺に深々と吸いこむと、体が湿った土のようにやわらいでゆく。炎魔はそこいらを歩きまわっているが、襲われる心配はない。ハルニレの苦い体臭は、獣たちを寄せつけない。

木にのぼってすごすのを、ハルニレは毎夜の習慣としていた。幾層にも折りかさなって空を遮蔽《しゃへい》している森の木々だが、高い枝までのぼれば、かすかに外界を透かし見ることができる。

月を見るのが好きだった。はっきりとした形はわからず、視界にこびりつくようにからみあう枝葉のすきまから、かすかにその光のかけらがこぼれてくるだけだったが。

月のめぐり方には決まった波があるのだと、母親のナラが教えてくれた。そしてナラは、ハルニレにむけてこうも言った。

「月と星の動きをよく見ていなさい。いつもとちがう動きをする星があるなら、すぐ知らせなさい。ただし、あまり住みかからはなれすぎないように。お前はいつも生き木《いぎ》からはなれすぎるから」

仲間たちはみな、森の中にある住みかから、不必要に外へ出ない。森を歩くのは食料である虫を捕るときか、衣服や道具の材料となる木を集めに行くとき、あるいは人間からの要請があったときだけだ。

夜な夜な森をうろついては木にのぼって月をながめるハルニレは、だから、めずらしい木々人として生まれついたのだと、ナラも仲間たちもそう言うのだった。

はたはたと、蛾が目の前をよぎって飛んだ。

ハルニレは手を伸ばし、まろやかな形をした蛾の翅《はね》をつかんだ。虫が全力で暴れてもがく前に、頭部を口へ入れて嚙《か》んだ。口の中で蛾の精緻《せいち》な体が崩れ、ばらばらにほぐれてゆく。

食べながらハルニレは、ふいに枝の上へ立ちあがった。おだやかだった森の空気が、ぞろりと殺気立つ。炎魔だ。炎魔たちが敵のにおいを嗅《か》ぎつけて、空気をさわがせている。だが、炎魔と戦う犬の気配はない。近くに火狩りがいるようすはなかった。

幹に耳をあて、木が読みとっている周辺一帯のようすを探ろうと、呼吸を深くした。目を開け、ハルニレはするすると木を伝いおりた。迷う必要はなかった。木が生えている場所ならばどこでも、ハルニレはおそれずに歩くことができる。

その地点へハルニレが近づくにつれ、敵意をたぎらせていた炎魔が木々人の体臭を嗅ぎつけ、よだれをしたたらせながら闇の中へ退避していった。

口の中でほぐれた蛾は、もう唾液《だえき》といっしょに飲みくだしていた。なのでハルニレは、木の根方にうずくまっている者へ、声をかけた。

「どうした？」

目をあげたのは、若い娘だった。耳もとで切った、くせのある髪が、体のふるえにあわせて危なっかしく揺れる。火狩りとはちがう装束をまとい、単独だ。手や衣服が血で汚れている。肩から出血しており、そのにおいが炎魔たちを殺気立たせているのだった。

どこから現れたものか、娘は衰弱しており、ハルニレのすがたもはっきりと意識にとらえることができていないようだった。危うげに開いた目は焦点をふるわせ、とぎれとぎれの荒い呼吸をくりかえしている。

このままにしておいてはまもなく死ぬが、傷をおった娘を、ハルニレ一人で住みかまで連れ帰ることもできないだろう。自分のにおいを周囲につけておき、仲間を呼びに行こう。そう決めて、ハルニレはふと首をかしげた。娘が、三日月形の武器を抱いていたからだ。……炎魔を狩る者だけが持つ、火狩りの鎌だった。

＊＊

心臓はいつまでも、痛いほどはねていた。

なにが起きたのか理解することを拒んで、頭がしびれつづけている。どうして死なずにすんでいるのか、それすらわからないまま走りつづけ、やがて足がもつれて派手に転倒したのをおぼえている。天地の感覚が完全になくなり、今度こそ死ぬのだと思ったとき、だれかが明楽《あきら》の顔をのぞきこんだ。

そこからの記憶はあやふやで、明楽はいつのまにか、どこかへ身を横たえられていた。だれかにたすけられたらしいということはわかったが、ここは安全な場所ではない。明楽はずっと、黒い森の中にいるままだった。

(それでも……)

それでももう、帰る場所がないのだということを思い出しながら、明楽は目を開けた。

暗い。体は自分のものだと思えないほどに重かった。肩の傷には、手当てがされているのだ。

トンネルへ逃げこむ直前、まっ黒な装束をまとった何者かにおわされた傷だった。

あれは、神族の手先だったにちがいない。

「あ。目が開いた」

明楽をのぞきこむ緑の目が何対もあり、その中の一つがまばたきをしながら、うれしそうな声をあげた。幼い子どもの声だった。顔をしかめたのは、体の痛みのためではなく、立ちこめる異臭のせいだ。何種類もの虫を鍋《なべ》で煮つめてどろどろに溶かしたような苦いにおいが、この場にも、明楽を見つめる目の持ち主たちの体にも染みついている。

止めかけた息を、鋭く吸った。両の手。なにもにぎっていない。

「鎌は――」

さけびながら起きあがると、まわりにいた者たちがすばやく身を引いた。緑色の目。一様に肌は石の色をしており、めいめいの頬に植物をかたどった刺青《いれずみ》が彫られている。

つやのない髪を肩や背に垂らした者たちは、木を削ってこしらえた人形のように見えた。明楽は裂いた木で編んだ敷物の上におり、この空間の四方を、ひょろひょろと伸びた黒い木の幹がとりかこんでいる。

木々人。その言葉が、意識の底から浮かんできた。森に住み、火狩りや村の人間をたすけるのだという特殊な者たちだ。これが、そうなのだろうか。

困惑している明楽の前へ、ほかの木々人たちのうしろから、小柄な娘が進み出た。体は小さいが、明楽と同じ十五、六の娘に見えた。細い肩にはおるように砂色の長い髪を垂らしたその娘は、革製の鞘《さや》におさまった鎌を持っていた。

「ここにある。お前は、首都から来たのか？　火狩りではないのに、どうしてだ」

明るい緑の目で明楽を見つめながら、苦いにおいをまとった娘が問う。頰には繊細な枝葉の刺青が彫られていた。ひょろりと細い体をしているのに、その声音は重々しいほど落ちついていた。

「き、木々人なの？　ほんもの……？」

かすれる声で尋ねると、木々人たちはおだやかにうなずいた。あざやかな色の瞳《ひとみ》が、くすんだ色をした髪や肌の中に、異質なほど輝いている。木の繊維を編んだものか、簡素な衣服を男も女も身にまとっていた。彼らのうしろに、黒い森のどの植物ともちがう、一本の緑の木があった。細い木々の壁に守られたこの空間の中央に、小さな緑の木がたしかな生気をはなって枝葉を伸べていた。

「ハルニレが見つけてよかった。血のにおいをあんなにさせて、よく炎魔に襲われずにすんだものだ」

木々人の一人が、木をくりぬいて作った椀《わん》に満たした水をこちらへさし出す。明楽はハルニレと呼ばれた娘から鎌をうけとって、手足にかかえこむようににぎりしめた。マントのように、波打った長い髪で背中をおおっているハルニレという木々人は、まばたきすらせずに、明楽が水を飲むのをしげしげと観察していた。幼さの残る顔と、その頰に彫られた複雑な植物模様の刺青がちぐはぐだ。

焼けつくようだったのどをうるおすと、なにがあったのかを自分でも思い起こしながら、木々人たちに話した。声はふるえてかすれ、混乱した記憶はまだまっすぐにつなぎあわせることができなかった。

鞘におさまった火狩りの鎌。これは、兄の道具だった。いぶきが——兄の連れている狩り犬が、いっしょに行ったはずの神宮から鎌だけをくわえ、頭を割られた瀕死《ひんし》の状態でもどってきたのだ。

自分がもどらなかったときには、仲間をたよって首都から出るように。……出かける直前、冗談まじりの口調で言い残した兄の顔が、頭の中にばらばらにちぎれてよみがえる。いつもどおりのふざけた口ぶりだったのに、目つきはどきりとするほど鋭かった。

兄の仲間をたよるひまもなく、明楽に黒装束の追手がかかった。明楽は、手の中でこと切れたいぶきの埋葬もしないまま、ほんとうに兄が死んだのかもたしかめないまま、トンネルをぬけて森へ逃げてきた。……

「千年彗星が、〈揺るる火〉が帰ってくるって——その星を火狩りが狩るのだって、神族へ知らせに行ったんだ。兄ちゃんが……」

明楽のふるえる声を、森に住まう緑の目をした者たちが、木々のように黙って聞いている。明楽はこめかみにずっとしびれを感じながら、延々と独り言をつらねている錯覚におちいりそうだった。

（千年彗星なんて、そんなもの）

仲間の火狩りたちから、やめろと言われつづけていたのだ。千年彗星を狩り、火狩りの王をこの世に生むことができるはずだと、そんなことを神族に上申すれば命はない。旧世界の火と技術をかかえているはずの星を狩るという、そんな不確かな可能性のために、兄はほんとうに死んだのか。ひょっとするとまだ生きていて、たすけを待っているのではないか。いまもどれば、まにあうのではないか——

「……首都づきの火狩りの中にも、信じる者がいたのか。〈揺るる火〉が、いまの世界の崩壊を食い止める鍵《かぎ》になるかもしれないと」

年老いた男の木々人が、長いひげを蓄えたあごへ手をやった。明楽は、すがりつくように鎌を抱きしめる。身一つで首都を逃げ出してから、ここで目をさますまでに、一体どれほどの時間がたっているのだろう。からっぽの腹の底が、ぞろりとひえた。

「ほんとに……ほんとに起こるの？　世界が変わってしまうような、そんなこと、ほんとに」

木々人たちにむかって問いかけながら、明楽は前髪をつかんでひざに顔をうずめた。同じことを、何度兄に訊《き》いただろう。かえってくるこたえはいつも同じで、兄は確信に満ちていた。その確信が強固になればなってゆくほど、明楽は唯一の肉親が、手のとどかないところへはなれてゆく気がした。……そして、その予感は現実になってしまった。

木々人たちがたがいの目を見交わす。かすかなため息の中に、どこまでも静かなあきらめがこもっていた。

「世界が変わるかどうかは、わからない。ただ、至るところで異変の予兆が生じはじめている。各地の森や村で、土の質が変わりはじめたと言う仲間たちがいる」

長いひげの木々人が、ひそやかな声でそう告げた。呼吸が、のどもとでつまる。

「火狩りではないのに、森へ来てしまった。お前は、これからどうする？」

明楽のすぐそばでくるりと首をかしげたのは、ハルニレだった。明楽はうつむき、わななくくちびるを止めるすべを見つけられずにいた。首都に、なにもかも置いてきてしまった。兄も、いぶきの亡骸《なきがら》も、親友も、工場での仕事も――

明楽の脳裏に、まだ首都にいるもう一人の家族の顔がよみがえる。血がつながっているのでも、同じ家に暮らしているのでもなかったが、たしかに自分たち兄妹《きょうだい》と家族だったあの人は、無事でいるのだろうか。

神族のすることになど首をつっこむなと、まっ先に兄に警告してくれた人だった。明楽が、子どもばかりの町の洗濯場から工場へ勤め先を変えてまもなくのころ。すじのよさそうな人を見つけたのだと言って、ある晩、兄が見知らぬ男を連れ帰ってきた。痩《や》せこけてぼろをまとい、ひげの伸びた顔の中で眼光だけが異様に鋭かった。一瞬でも背中をむければ、襲われて息の根を止められるのではないか。そんな殺気が二つの目からこぼれ、男の全身にまつわりついていた。

肌の浅黒いその男に、兄は火狩りの技術を教えた。男はみるまに腕をあげ、それといっしょにあの眼光の鋭さも隠れていった。

子どもあつかいをされてふくれる明楽の頭を遠慮なくなでまわし、明楽のことを未熟な狩り犬のようにかわいがった。潮のにおいが染みつく大きな手の持ち主は、いつか首都をはなれて狩りをするのもいいかもしれないと言っていた。神族の管理下に入らず、森の中を流れながら狩りをするのも性にあうかもしれないと――

「……流れ者の火狩り」

明楽がつぶやくと、ハルニレはまるい目を見開いた。好奇心の強い鳥のような目だ。

「森には、登録者ではない流れ者の火狩りがいる。そのだれかに、兄の形見の鎌をわたす。兄がしようとしたことを知らせる。流れ者なら、神族の見張りもついていないはずだ」

「そのあとは？　どこかの村へたすけを求めるか」

尋ねる木々人に、明楽は口を引き結んだまま返事をしなかった。ほとんど記憶に残っていない両親が、工場毒で死んでいてよかったと、明楽は思った。自分たちの子どもが兄妹そろって、こんなふうに命を捨てるのを見せずにすんでよかったと。

木々人たちはしばらく無言で視線を交わしていたが、やがて仲間たちを見つめるハルニレに、まわりの者たちがゆっくりとうなずいた。

ハルニレが進み出て、明楽の前へひざをつく。

「流れ者の通る場所まで、歩いて七日はかかる。お前は火狩りではないから、生きてたどり着けない。わたしが、ついてゆく」

木々人の少女が、大きな目で明楽をぴたりと見つめた。翡翠《ひすい》の色をした瞳の底には、湧きやまない泉に似た深い力が宿っていた。

＊＊

「お前はほんとうに、根を張らない木だから」

人間の食べられるものをいっしょに準備しながら、ナラが嘆いた。嘆きながらもそのおもざしには、ほのかな笑みがふくまれている。

木の皮のつつみに載せてゆくのは、人間が腹に入れるための木の実と草の実を加工した団子だ。ハルニレが拾った明楽という娘は、木々人のように虫を捕って食べることができない。傷もあるため、そのぶん多くの食料が必要だった。

傷の治りを待つことはできなかった。明楽には、神族からの追手がかかるおそれがある。できるだけ早くここから移動させなくてはならなかった。

「あの娘がこれからどうなるのか、見てみたいの」

食べ物のつつみを草の繊維をあざなった紐《ひも》でくくりながらハルニレが言うと、ナラは頬に幾条ものしわをならべた。

「月を見るように。お前の好奇心は、まったく木々人らしくないわ」

そう言いながらも、ナラの声はひそやかに笑っているのだった。

「よく見ておいで。――けれど、あれはこれから欠けてゆく月だよ」

ナラは最後の団子をまるめて木の皮に載せるのと同時に、そう言った。

ハルニレは明楽とともに出立したあと、きっともうこの住みかへもどらない。流れ者たちの通り道は、この場に根を張る生き木から、あまりに遠かった。しかし、ハルニレにおそれや後悔はなかった。

木々人は神族からも人間からも切りはなされ、森の奥に住むことをさだめられた民だ。森での暮らしに変化はない。ハルニレは、自分の根をぬいてでも変わりゆくものを見ていたかった。そのような気質に生まれついたハルニレを、生み親であるナラは、なかばあきらめ、なかばおもしろがっている。木々と同じく、生まれて育ち、死んでゆくことを、木々人は言祝《ことほ》ぐことも悲しむこともしない。そのような感情をかかえて、森で生きてゆくことはできないからだ。

明楽は、べつの仲間が纏った衣服を着、頭をさげて礼を言っている。ハルニレには正確に読みとることのできない、大きな感情のうねりが、その背中から感じられた。ハルニレが近づくと、明楽のまわりにいた娘たちや子どもたちが立ちあがり、場所をあけた。

「住みかから出たら、わたしからはなれるな」

明楽が、機敏にうなずく。その手がにぎっている三日月鎌に、ハルニレの視線は吸いよせられた。革製の鞘《さや》におさまっているのは、一切の狂いのない、この世に存在するのが不自然なほどの完璧《かんぺき》な形だ。——ハルニレが憧《あこが》れつづけ、一度も完全なすがたを見たことのない天体と同じ形が、そこにおさまっている。

「その鎌を流れ者の火狩りに託したあと、お前はどうする？　どこかの村へ身を寄せるのか」

首都へもどることができない明楽には、それしか選べる道は残されていないだろう。くせのある髪になかば隠れた明楽の目もとが、ひざの上の武具をじっと見つめている。暗い森の中の、いびつな木々を屋根がわりにした住みかの中でさえ、明楽の髪の赤い色はあざやかさを失っていなかった。かつて、あたりまえに人のそばにあったという天然の火は、こんな色をしていたのだろうか。

「あたしは……ただ、兄のしたことをだれかへつなぐ」

明楽が、腹の底から言葉をたぐり出す。

まるで手におえない娘だ。

そう感じたからこそ、ハルニレはその行く先を見とどけたかった。早くここから動かさなければという思惑よりも、明楽に対する好奇心がまさっていた。

「気をつけてね」

ナラが、食べるものの入ったつつみをかかえてそばへ立った。ハルニレはひざを伸ばしてふりかえり、つやのない髪に覆われたナラの背中へ腕をまわして抱きしめた。

「行ってきます、母さん」

そうして、ナラからうけとったつつみを胴体へ結わえつけ、身の丈より長い護衛用の棒をにぎった。

「出発だ」

明楽はまだ青ざめた顔をしたまま、それでもハルニレにむかってしっかりとうなずいた。立ちあがり、傷をおった体には重いはずの鎌をだいじそうにかかえて、ハルニレにつづいて住みかから足を踏み出す。

踏み出す足も、礼を言いながら仲間たちへ頭をさげる背中も、小刻みにふるえつづけていた。

ハルニレは自分のたずさえている木の棒を、何度もにぎってたしかめた。武器に使う棒を持って歩くのははじめてだった。ずしりと重い武器を、ハルニレはなかば杖《つえ》にして歩いた。

明楽はもともと丈夫な娘であるらしく、足どりを衰えさせることなくとなりをついてくる。動きにあわせて揺れる赤い髪がめずらしく、ハルニレの目はついついそちらへ吸いよせられた。

「……ありがとう。たすけてくれて」

小声で、明楽がハルニレに話しかけた。

「こんなことに巻きこんで、ごめん」

「こうするのが木々人の務めだ。われわれは、森で人間を救うためにいる」

近くに炎魔の気配はなかった。物音を立てないに越したことはないが、すこしならしゃべっていても大丈夫だろう。

「首都では、月や星が見えるのか」

「え？　……ああ、森の中だと、どっちも見えないんだ」

「日光も見えない」

「ずっと？　いまは夜なの、昼なの？」

「昼だ。夜は、もっと暗くなる」

明楽をこまめに休ませながら、森の中を進んだ。夜になり、暗く折りかさなる枝葉のむこうに日がのぼって、昼になる。

生き木のある住みかが背後へはなれてゆくにつれ、ハルニレの体内には寒さが蓄積されていった。体を支配してゆく寒さと同じだけ、足が軽くなってゆく。ナラと手分けして用意しておいた食料を食いつないで、明楽はほとんど速度を落とすことなく歩いたが、数日のうちにその顔はみるみる痩《や》せて、絶え間ない緊張のために鋭くなっていった。

ハルニレは森の中にいる虫——木の皮の裏に隠れた甲虫や、ぬめる土の下に眠っている乳白色の幼虫、翅《はね》をひらめかせる蝶《ちょう》——を捕って食べていたが、しだいにその回数はへっていった。虫をあまり食べなくなったハルニレの頰や腕は、かさかさに乾いていったが、明楽のように目に見えて痩せ衰えることはなかった。

そうしてちょうど七日目に、目的の場所へたどり着いた。

「……ここがそうなの？」

明楽の声は、確実に低くなっている。通り道と聞いて、もっとわかりやすく森が拓《ひら》けているのを想像していたのかもしれない。

ハルニレが明楽を連れてきたのは、平坦《へいたん》ではあるが朽ち葉が散り敷き、うねる木々が入り組んだ、黒い森の一画にすぎなかった。ハルニレはその場にひざまずき、地面に耳をあてた。視線をあげて、不安そうにしている明楽にうなずく。

「ここで半日も待っていれば、流れ者が通りかかる」

明楽を木にのぼらせ、重くて持つのがつらくなっていた護衛用の棒を地面に置くと、自分も同じ枝に座った。

＊＊

木々人の娘とならんで枝の上へ腰かけながら、明楽は胸の底でとぐろを巻く感情をおさえこむため、ひもじさに意識を集中しようと努めた。

体重をあずけている枝はただれたようにつめたく濡《ぬ》れ、ふれると得体の知れない粘り気が皮膚にまとわりついた。ハルニレの体臭にも、森の甘ったるい腐臭にもすっかり慣れた。なによりも、まともに洗うこともなくここまで歩きつづけてきた自分の体や衣服こそが、ひどい悪臭をはなっているにちがいなかった。

（おんちゃんがいてくれたら……）

家族同然だったあの人が、もしここにいてくれたら。ひょっとして、明楽が森へ逃げたことを察知し、首都をはなれて追ってくることはないだろうか。流れ者の火狩りになるのもいいと、自ら言っていたのだから。世界を覆いつくすという黒い森のどこかで、兄から狩りの技術を教わったあの男と会うことが叶《かな》うのではないか……

目を閉じ、明楽はくちびるを噛《か》みしめる。乾いてひび割れたくちびるからは、金臭い血がにじんだ。

そんな浅はかな願望を持つことを、自分に禁じなくてはならなかった。兄も犬も死に、明楽は逃げてきた。ここまで、となりにいる華奢《きゃしゃ》な木々人の娘にたすけられてやってきたのだ。鎌をべつの火狩りに託したそのあとは、自力でなんとかしなくてはならない。明楽がすべきことは、流れ者の火狩りに兄の遺志を形見の鎌とともに伝えること。——そのあとは、神族の追手がかかった自分は消えなければならない。万が一、明楽をたすけたことを神族からとがめられ、ハルニレやその仲間たちに害がおよぶことがあってはならない。

なんとあっけない生涯だろう。明楽は、倦《う》み疲れたように重くかさなる枝葉を見やった。泥と灰と煤《すす》をまぶされたかのように、濁った色をした枝葉。この森は、首都よりもずっとひろい。神族が鎮座する首都など、広大な世界のほんの一角にすぎないのだ。火狩りである兄と犬のいぶきは、神族の治める首都をはなれ、流れ者として生きてゆくこともできたのに。

そうまでして変えようとした世界とは、なんだったのだろう。なぜ兄が、そんなことをしなくてはならなかったのだろう。

(わからないや。兄ちゃんにいつも言われてたとおり、あたし、ばかだからな)

首都はいまごろ、どうなっているだろう。兄の仲間だった首都づきの火狩りたちは、神族になにもされていないだろうか。近くに暮らしている友人は、ちゃんと食べているだろうか。工場は。いっしょに働いていた娘たちは、明楽が突然消えたことで、危険な仕事を押しつけられていないだろうか……

どれだけ目を凝らしても、枝葉のむこうに空を見ることはできなかった。ふいにこぼれかかった涙を、あわててぬぐった。

二度ととりもどすことのない首都の暮らしは、黒い森の中でふりかえってみれば、なんと危ういものだっただろう。それを変えるために、兄は命を投げうつ覚悟を決めたのか。しかし、だからといって、納得することがどうしてもできなかった。……

明楽は胸にぽかりと開いた穴を押し隠すように、太い枝の上でぎゅっと体を縮めた。

＊＊

ここまで、一度も炎魔に襲われなかったのは不自然だ。

(……つけられている)

ずる賢い獣が、ハルニレが完全に弱りきるのを待ってずっとあとをついてきている。木の根伝いに、その気配がたしかにあった。小柄なたぐいだが、複数いる。ここへ近づきつつある流れ者の火狩りが現れるまで、明楽をにおいで守っていなくてはならない。二人して息を殺し、ずっとそこに座っていた。明楽は小刻みに体をふるわせていたが、ここには体を温めるための火はない。火狩りがここを通るのを、ひたすらに待つしかなかった。大丈夫だ、とハルニレは、胸の奥で思う。明楽が火狩りにたすけられるまで、そのときまでは自分の命はもつ。

時間がゆっくり、ゆっくりとしたたってゆく。

「首都に、はじまりの木々人がいると聞いた」

目の前を虫が飛んでいったが、ハルニレは捕まえなかった。

「え……？」

「最初期に生まれた木々人だ。神族が作り出した、われわれ木々人のはじまりの者たち。首都にある庭園と呼ばれる場所に、仲間たちは住んでいるのだろう」

「……知らない。隔離地区と呼ばれる場所が、首都のどこかにあるらしいけど」

「庭園だ。黒い森とはちがう、昔の美しい木々が伸び、きれいな水が流れる場所。そこに、はじまりの木々人たちがいる」

明楽はこの話をはじめて耳にしたらしく、困惑した顔をするばかりだった。ハルニレはかわりに、人間の話を聞こうと思った。

「お前には、仲間はいないのか。人間の仲間」

「仲間、というか……島から来たおんちゃんがいた。家族だった。いま、無事でいるのかどうか、わからない。それに、友達がいまも首都にいる。貧民区と呼ばれる場所に、家族で住んでいて。うちは両親もいないし、兄ちゃんの稼ぎがいいから、あたしが工場で働いたぶんの収入をわけあってた」

明楽の声が、さびしげにしぼむ。

「自分たちは自分たちで暮らしてゆくから、うけとらないって言われてたんだ。じゃないと、友達でいられなくなるから、って。でもあの子に、盗みやいやな仕事をしてほしくなかったから」

「それでも、首都へはもどらないのだろう?」

同じことを、もう何度も訊《き》いた気がする。ハルニレの頭は朦朧《もうろう》として、意識を体にうまくつなぎとめていられない。

「お前は、これからもっと遠くまで行く。わたしが案内できるよりも、うんと遠くまで」

そこはどんな場所だろう。この娘はきっと、どこまでも遠く行くのだと、ハルニレはうっとりと思う。

「……ハルニレ? 具合が悪いの?」

明楽の手がハルニレの背中にふれる。

「けが、してるの? 食べ物、あたしが食べたからたりないの?」

ハルニレは、自分の口もとが笑っているのを感じる。

「……ちがう。木々人は人間と同じものを食べない。ここはすこし、生き木から遠いから……それだけだ。心配いらない」

明楽が、枝が揺れるのもかまわず身を乗り出した。ハルニレの腕をつかむ。

「もどらなきゃ。生き木って、仲間たちのいた場所に生えていた小さい木のこと? あの木から、はなれちゃだめなの? ねえ、もどろう、仲間のところに」

痩せた顔の血相を変えて、明楽はハルニレをほとんどかかえあげるようにして起きあがらせた。知らないうちに、体がうしろへかしぎかけていたのだ。ハルニレはたよりない体重を明楽にまかせたまま、口の前へ人さし指を立てた。

「静かにしろ。動くな。炎魔に見られている。わたしがそうしたいと願い出たんだ。……首都の木々人たちを、お前は知らないのだろう？」

明楽の顔が目の前にあった。この娘は、つねになにかへ挑みかかるような表情をしている。

「わたしたちは、もともとはただの人間だったという。それを、森で生きられるように神族が作り変えたんだ。神族は黒い森のあちらこちらに結界を張って、村を作った。そこに暮らす人間たちをたすけるように、木々人を作った。穢《けが》れの多い森へ、神族は立ち入ることを好まないから。……だけどわたしはきっと、うまく木々人になりそこねた。森の中だけではない、もっと遠くが見てみたかった。だからお前についてきた」

「な……なに、それ」

明楽がハルニレの腕を、自分の肩へまわした。体を担いで木からおりようとして失敗し、とちゅうで転落する。しかしすぐさま起きあがると、ハルニレを引きずるようにして、歩きはじめる。来た道を、引きかえそうとする。

「だめだ、死んじゃうじゃないか！　帰らなきゃ。なんで言わないんだ。もう、だれかが死ぬのはたくさんなのに」

行ってはいけない。引きかえせば、あとをついてくる炎魔に行きあう。ハルニレは体を引きずる明楽の力に逆らえないまま、口の中でコココ、と舌を鳴らした。時間は充分に稼げた。火狩りはこちらへむかっている。が、ここで起ころうとすることをまだ知らない。——先に、犬を呼ばなければ。

「……できることなら、帰りたい。住みかにではない。わたしは……人間になってみたい」

ぬめる土に足をすべらせ、明楽がふたたび転倒する。それにつられて、ハルニレも地面にたおれる。とり落としかけた鎌をかかえこんだので、腕をつかむ明楽の手がゆるんだ。ハルニレは明楽の手から腕を引きぬき、体を土の上にあおむけにして、木々のむこうにあるはずの天をあおいだ。

「人間になって、空を見たい。星や月や日の光を見てみたい。……木々人に生まれては、どれも叶《かな》わないことだった。だから、見たいんだ。お前のすることを見てみたい」

明楽がうめいて、腐った土に自分のひたいを打ちつけた。

「死んじゃったら、見られないじゃないかっ！」

そのさけび声を、待っていたかのようだった。末期《まつご》の病にのたうちまわる生者のすがたを模したとしか見えない、いびつな木々のうしろから、かさり、かさりとかすかな足音をさせ、三匹の炎魔が顔をのぞかせた。

黒い被毛の中に、赤々と目が燃えている。狐のすがたをした三匹の炎魔は、凶暴な形にゆがめた口もとからよだれをしたたらせ、ぎらつく目で獲物を見すえている。明楽の全身が、一瞬にして恐怖にこわばった。ハルニレを置いて走っても、逃げきることなど不可能だ。ハルニレは土にてのひらをあて、深く息を吸いこんだ。……こちらへ走ってくるものがある。ハルニレの合図をうけとり、犬が駆けてくる。

炎魔が跳躍する。無防備な明楽に、ひたむきな殺意をむける。飛びかかってくる炎魔の先頭の一匹が、しかし横ざまに吹き飛んだ。炎魔たちよりはるかに大きな体軀《たいく》をした獣が、駆けてくる勢いを殺さないまま、狐の胴をあごに捕らえ、腹を咬《か》み裂いた。首をふるって動けなくなった炎魔を捨て、悲鳴じみた声でわめく残りの二匹へむきなおったそれは、短い毛に全身を覆われた巨軀の狩り犬だった。

熊とも変わらないほどの体格の犬は、垂れた耳をばたばたとはためかせながら二匹の炎魔へむかってゆき、正面から飛びかかってきた一匹を頑強なあごで捕まえる。首根っこを捕らえられた炎魔は細い四肢で空をかくが、犬がふりまわすと首の骨がはずれ、動かなくなった。仲間がふり落とされる寸前、最後の一匹が犬の横手から襲いかかろうとした。

その黒い首へ、金色の鎌が斬りこむ。

下からの斬撃は迷いなく獣の首を胴から断ち切り、炎魔はどさりと地に落ちて、充満していた殺気はまたたくまに霧散した。鎌に切り裂かれた炎魔の傷口から流れた火が、さやさやと周囲をほのかに照らしている。

もどってきた森の静けさに、ハルニレは力の入らない体を土にあずけたまま、うっとりと聞き入った。

「とどろ、さがれ」

張りのある声が、犬に呼びかけた。巨体の犬は蛇のそれに似た尾をふりまわしながら、声の主のもとへ歩いてゆく。

わらじを履いた足が、ハルニレの目の前に踏みしめられた。

「首都の者か？　おどろいたな、女ではないか」

火狩りがこちらを見おろすと、明楽がちっぽけな獣のように、身をかたくした。

＊＊

襲ってきた炎魔がすべて息絶えると、明楽はふるえるひざを叱咤《しった》し、ハルニレをかかえて立ちあがった。

「待て」

大きな手が、肩をつかむ。ふりむくと、あごに短いひげを生やした男が、厳しい目を明楽にむけていた。

「来い。その木々人に、ここまで護衛されてきたんだな？　なぜ鎌を持っている。来て、説明しろ」

「ま、待って――この子を、住みかへ帰さなきゃ。生き木からはなれすぎたんだ。こんなに弱ってるのに、あたし、気がつかなかった……」

泣きだしそうな声になる。自分のこんな声音を、明楽は聞いたことがなかった。だめだ。しっかりしなくては、たすけてくれたハルニレを、見殺しにすることになる。

「どのみち、歩いてはもどれまい。車に乗れ」

汚れた狩衣《かりぎぬ》の上にマントをはおった男は、ぐったりしているハルニレを軽々とかかえあげた。先ほど炎魔と戦った犬が、大きな鼻面で明楽の背中を押す。犬のにおいが、ひどくなつかしかった。犬とは思えないほどの巨体と、皮膚の垂れた強面《こわもて》とは裏腹に、人なつこい性格のようだ。

ハルニレをかかえて運ぶ男についてゆくと、木の陰に小さな車が停まっていた。工場地帯の運搬車とちがって、鋼鉄ではなく木でできている。原動機を搭載した車ではなく、動物が引く車だ。動物は草を食《は》んででもいるのか、頭を低く垂れている。

幌《ほろ》つきの荷台へ、火狩りはハルニレを運びあげた。背後へ近づいた人間に反応して、手綱でつながれた獣が、のどの奥で低くうめく。首都で富裕層が使う馬車を想起していた明楽は、車を引くためつながれている獣のすがたに、びくりと身を引いた。――炎魔《いまし》だ。枝づのをいただいた鹿型の炎魔が、古びた荷車につながれ、くつわを楔《くさび》で地面に縛められている。

「乗れ。水も食料もある」

明楽はハルニレを追ってせまい荷台へよじのぼると、横たわる小柄な木々人のそばへひざをついた。つづいて大きな狩り犬が乗りこむと、荷台の中で身動きのできる余裕はまったくなくなった。

「とどろというんだ。おれの狩り犬だ。お前は、なぜそんなものを持って森にいた？」

縛めを解いた炎魔の手綱をとって車を動かしながら、火狩りがこちらへ尋ねた。眉《まゆ》の下の黒い目が、明楽のかかえる鎌にそそがれている。あごに黒々と生えたひげのせいで、年齢が読みとりがたいが、四十近い歳だろうと見当をつけた。

火狩りは、自分のことを烔五《けいご》と名のった。明楽は目を閉じて寝入っているハルニレの手をとり、兄のこと、千年彗星と火狩りの王のことを烔五という流れ者に打ち明けた。

「……千年彗星か。その星に注意していろと言う木々人たちがいたな」

車を引くまっ黒な鹿は、すぐうしろにいる人間たちをふりむくことすらせず、手綱を操られるままに進んでゆく。森の悪路にくわえて、車はあちこちが傷み、さほどの速さではないのに激しく揺れた。ハルニレの頭が床板の上で危なっかしくぐらつくのを支えようとすると、とどろという狩り犬がどかりと身を横たえて、腹にハルニレの頭部をかかえこんだ。

「……ありがとう」

そろそろと手を伸ばし、犬の頬をなでた。いぶきとは桁《けた》ちがいの体格だ。たるんだ頬の肉にふれると、獣特有のなまぐさいにおいがして、こみあげるなつかしさを抑えるため、明楽はうつむいた。

「お前の兄というのは、ほんとうに死んだのか？」

駆者台《ぎよしやだい》の炯五が尋ねる。明楽は顔をふせ、ゆるゆると頭をふった。

「わからない。……だけど、もどらなかったら逃げろと、兄は言ったんだ。兄ちゃんの言ったことを守る。そして、形見の鎌を、流れ者のだれかにわたす。首都から遠い場所にいる火狩りたちに、兄が神族に伝えようとしたことを知らせる」

こちらへ背中をむけたまま、炯五が太い声で笑った。

「豪胆な娘だな。そのあとは、どうするつもりだ？」

明楽はくちびるを嚙《か》み、返事をしなかった。

「形見をだれかにくれてやるだけでいいのか。──たとえば、お前がそれを使ってはどうだ」

「え……？」

顔をあげると、マントをはおった背中を揺すり、炯五は先ほどより声音を大きくして笑う。

「冗談だ。娘だてらに森で生きのびたのは見あげたものだが、女は火狩りにはなれん。知りあいの流れ者に、輝一《きいち》という男がいる。青二才だが、狩りの腕はいい。仲間も多い。そいつにわたせば、お前の兄の形見が無駄になることもないだろう」

明楽は小枝のようなハルニレの手をにぎり、幌に覆われた荷台の中にふんだんな体温をはなっているとどろに、じっと視線をそそいだ。とどろは暗い色の毛並みの中に明るい色をした目を知恵深げに光らせ、先ほど炎魔を咬み裂いた口のまわりをべろりとなめた。

がくっと頭が揺れて、明楽は視界をとりもどした。車の荷台で、座ったまま眠りかけていたらしい。体が膠《にかわ》でかたまったように動かず、関節を伸ばすのに歯を食いしばらなければならなかった。

ハルニレの具合をたしかめようと、身を乗り出した。ひどい吐き気がする。とどろはいつのまにかハルニレのそばをはなれ、背すじを伸ばして車の進行方向に顔をむけている。

「ハルニレ……？」

にぎっていたはずの手を、いつのまにか明楽ははなしてしまっていた。あわててにぎりなおすと、小さな手は、体温を失いきっていた。胸も腹も、上下していない。名前を呼びながら刺青《いれずみ》のある頰をたたいたが、閉じたまぶたはぴくりとも動かなかった。

「ハルニレ！　だめだ、もうすぐ仲間のところへ着くから……」

肩をつかむと、なんの抵抗もなしに頭がぐらぐらと揺れる。木々人の娘は、すでに息をしていなかった。

「大きな声を出すな。炎魔が来る。ここで狩りをするには地形が悪い」

炯五がふりむかずに低く告げた。その声が、明楽の胃の腑《ふ》をひやりとさせた。

「……ど、どこにむかってるんだ？　この子を住みかへ帰してくれって」

立ちあがってよろけながら、馭者台に座る肩へつかみかかる。ほぼ同時に、みぞおちにひじがめりこんできた。よだれを吐き散らし、明楽はうしろへ吹き飛んだ。虫のように背中をまるめ、なにも入っていない胃から嘔吐《おうと》する明楽に、火狩りは厳しい顔をふりむけた。

「お前、首都づきでない火狩りは、お人よしの自由人ばかりだとでも思っているのか？首都からいちばん近い木々人の住みかなど、未登録者が近づいてもなんの得もない。しかもお前は、神族に追われていたのだろうが。うかつに近づいて神族に目をつけられれば、おれはもう野垂れ死ぬほかなくなるだろう」

だったら、いますぐにおろせ。そう言いたかったが、当て身を食らったせいで、呼吸すらままならない。とどろは変わらない体温をはなちながら、微動だにせず荷台に座っている。

「死体だけでも、炎魔よけにはなるだろう。とどろは、もう年でな。あまり大きな獲物とはやりあいたくないんだ。心配するな、お前もその鎌も、流れ者のたまり場にそれなりの値で売ってやろう」

空気をとりこもうとしない肺に、無理やり息を送りこんだ。明楽は鎌をつかみ、鞘《さや》をとりはらって刃《やいば》をあらわにした。

「おい。ここで死にたくなければ、おかしな気を起こすな」

火狩りの声がすごむ。明楽はしかし、ひるまずに鎌をふるった。ためらうひまも、おびえる余裕もない。

荷車の後方の幌を、金色の鎌で引き裂いた。とどろが短く吠《ほ》える。明楽は鎌と鞘を車の外へ投げ、もう動かないハルニレの、軽すぎる体をかかえて幌の裂け目から飛びおりた。

ばきばきと、体の下で木の枝の折れる音がはぜた。とりもどしたばかりの呼吸が、ふたたびとぎれる。起きあがれ。立って、ハルニレを連れて逃げなければ――

太いひと声とともに、暗灰色の大犬が明楽たちを追って飛びおりてきた。主人の獲物を逃がすまいと思ったのか、明楽たちをたすけようと判断したのか。わからない。とどろの大きな脚が森の土を踏み、明楽が無我夢中で起きあがろうとする前に、そのとなりにわらじの足が立った。

「おいおい、どうしてくれる。車がひどいありさまだ」

声が、はるか天上から降ってくるかのようだ。にらみあげる視界に、火狩りの顔はまっ黒な影になって見えない。森が。森の木々が、ひしめく亡者たちの顔に見える。

受け身もなにもとりようのないハルニレの体は、飛びおりた衝撃でどこかの骨を損傷している。それでも、生き木のもとへ連れ帰りさえすれば。木々人の仲間たちなら、治療してくれる。きっと……

いや。なにを考えているのだろう。

とりかえしのつかないほど混乱している自分に気づいて、明楽は腹の底からわめき声をあげた。どうして。これでは、なにもかもが無駄だ。兄のしたことも、いぶきが走ってきたことも、ハルニレが見とどけたいと言ったことも。

炯五の足が、明楽の頬を蹴《け》りあげた。わめき声をふつりと絶やし、明楽は反転してあおむけにたおれる。粘り気の強い土が、髪に、背中にこびりつく。

「黙っていろ。お前のような小娘でも生きのびられる場所へ、連れていってやろうというのだ。それとも、ここで死にたいか」

火狩りが、明楽の胴をまたいで立つ。腰には兄がそうしていたように、恵みを狩る鎌をたずさえている。黒い影にしか見えない火狩りの手には、鎌とはちがう、まっすぐな刀身の短刀がにぎられていた。明楽の目は、ぼんやりとした視界をさまよう。黒々としている持ち主のすがたを背景に、刃は白く輝いている。

——その、さらにむこう。

斜面の上にせり出した岩の上に赤く光る二つの目が、明楽の視線とかちあった。

とどろが激しく吠え、岩の上の炎魔もまた、耳まで裂けた口から咆哮《ほうこう》した。同時に跳躍する。火狩りが身をひねり、上から飛んでくる山猫の炎魔にまみえる。明楽にむけようとしていた短刀が手にあるせいで、その反応は遅かった。とどろが炎魔にむけて飛びかかるよりも、落ちてくる炎魔のほうが速い。

立ちはだかっていた黒い影がひしゃげ、怒号と悲鳴が入りまじり、獣たちが牙《きば》をむいてたがいを傷つけあう。明楽はふらふらと立ちあがり、飛び散る血や裂ける皮膚から一瞬たりとも視線をそらせないまま、あの場に鎌があってはだめだ、と思っていた。(鎌は、姫神の一人が鍛えたんだって、兄ちゃんが言ってた。自分の体を発火させながら、火の異能を使って、火狩りの鎌を生んだのだって)

ハルニレは、おだやかな彫刻のような顔をして死んでいる。そうだ。死んでしまったのだ。

とどろが長く、高く鳴く。肉でできたものが壊れる音がして、狩人《かりゅうど》の声がやんだ。火狩りを殺してなお、炎魔は凶暴さを顔面に刻んで犬を威嚇する。主《あるじ》を死なせ、とどろの闘志がくじけたのがわかった。つぎは、犬が殺される。

明楽はひざを伸ばし、車から投げ捨てた兄の鎌へ飛びついた。土の上に落ちていた鎌の三日月が、空気の中へすらりと形を立ちあがらせる。あつかい方など学ばなかった。しかしその一寸の狂いもない弧が、明楽の手を導いた。

金色の鎌が空中に弧をえがき、刃に切り裂かれた炎魔ののどから幾千もの火花を生んで、液状の火が飛び散る。

三日月と、それをとりまく星々が戯れているみたいだった。ハルニレに見せてやれたらよかった——そんな幻想を、重力に従って炎魔が地に落ちる音が、かき消した。

静けさで、耳がおかしくなりそうだ。つい先ほどまで、狂ったような音が満ちていたのに。

明楽ととどろだけが、息をしている。炯五は頭上から組みかかった炎魔に顔面を引き裂かれ、首をおかしな方向にまげて絶命していた。鎌をぬくいとまするらなく、手が短刀だけをにぎっていた。

　大きな犬はうなだれ、主の亡骸《なきがら》のにおいを嗅《か》ぐと、そのかたわらに座りこんだ。炎魔ののどを裂いた火の鎌を、気がつけば無様なほどふるえている手で、明楽はとり落とさないようにぎりしめた。

「……ごめん。お前の主人を、死なせてしまった」

　とどろはこちらの声などとどいていないようすで、大きな頭をうなだれ、動かなくなった主に鼻を近づけている。明楽は犬の背中に手をふれようとして、しかし指を体のわきへ引っこめた。

「逃げなくちゃ。ここにいたら、お前まで」

　明楽の言葉は、どこへもとどかずにこぼれ去ってゆく。ハルニレと、火狩りと炎魔。三つの亡骸が、足場の悪い土の上に思い思いの姿勢で横たわっている。どれもが、でたらめな場所から連れてこられたようでもあり、ひとしく森の土にいだかれているようでもあった。急速に土の色となじみつつある骸《むくろ》たちのただ中で、炎魔ののどから流れた火だけが、さやかに輝いていた。

　がたがたと、荷車が揺れる。くつわを咬《か》まされた馬がわりの炎魔が、暴れようとしているのだった。鹿型の炎魔はやにわに前脚を高々と蹴りあげ、身をのけぞらせると、そのまま無人の車を引いて駆け出した。すさまじい脚力に引きずられ、がたの来ていた車はひどくかたむきながら、崖《がけ》にはさまれた悪路を遠ざかっていった。

森中に満ちる倦《う》みはてたような殺気が、首すじや胴へからみついてくる。炎魔ではなく森そのものが、こちらの動きを注視している。目でも耳でも鼻でもない、もっと古く大きな器官が、死んだ者たちとそのそばに生き残った者たちに注意をむけている。……

(埋葬しないと)

そう思った。このままにしておいては、あとから来る炎魔に亡骸を食い荒らされてしまう。いぶきのように、捨ててゆくことになってしまう――たとえそこに、自分とハルニレを殺そうとした者がまじっているとしても。

明楽は顔の半分を失った火狩りのほうへ、かすかに身を乗り出した。すると、とどろがのそりと立ちはだかるように移動し、かすれた鳴き声を口蓋《こうがい》の中に響かせた。犬の大きな体におさめようのない、とまどいと絶望のこもった声だった。色の薄い目で上目遣いに明楽を見やりながら、とどろは炯五の亡骸のそばへぴたりと身を寄せ、体をふせた。犬の意志がはっきりと伝わり、明楽は顔をあげていることができずにひざをつき、四つ這《ば》いになってうなだれた。

「……とどろ。ここにいたら死んじゃうよ」

血のにおいが、じきに新たな炎魔を呼びよせるだろう。しかしとどろは、動かない主のそばに身をふせ、悲しげに明楽を見つめるばかりだった。

主が死んでもなお、犬はその体を守ろうとしているのだ。

明楽は、ハルニレの顔に手をふれる。石の色をした肌には、だれかが丹念にえがいたかのような、あまりにもやわらかな陰影が宿っている。

波打った長い髪は、早くも微細な根となって、森の土と同化しかけているかに見えた。

「ハルニレ。ごめん。もうしばらく、においでこの犬を守ってやって」

ハルニレのつめたい頬をなでながらそう言うと、鎌とともに投げ出した鞘《さや》を拾い、金色の刃《やいば》をおさめた。

立ちあがり、歩きだした。方角はわからない。わかったところで、どちらへむかうべきなのかを知らない。空を見ようと、頭上をあおいだ。黒と灰色のまだらに覆われた木々が重く蓋《ふた》をして、むこうは見えない。

それでもしだいにあたりは暗くなってゆき、ハルニレが一度も見たことがないという森の外で、日が落ち、やがて月が輝くのだと、明楽は空を思いえがいた。

旧世界――〈三〉

どこをどうたどってきたのか、もはや記憶はさだかでなかった。どれほどの時間、放浪をつづけているのかも。

とちゅう、舟に乗って海に出たようにも思うが、疲れで朦朧《もうろう》とする意識が見せたまぼろしであったのかもしれない。

仲間は一人、また一人とへっていった。

〈子ども〉たちは世界に呪いを拡散する者として、道中、同じ思いを持つ者たちにも会い、また自分たちを排除しようとする者たちが存在することも知った。いつしか、追手がかかり、命をねらわれていた。必要がないからと、病を植えつけたくせに――いまや〈子ども〉も仲間たちも、不必要どころか世界にとって排除すべき敵となっていた。

ここまで〈子ども〉が死なずにいられたのは、結局のところ、仲間たちの中でもっとも幼かったためだ。だれかがいつも守ってくれた。〈子ども〉を守った者は死んでいった。

気がつけば、最後の一人になっていた。

「いいか。まっすぐに行け。この先をまっすぐに行くと、大きな都市に出る。そこに、この病をおれたちにもたらした連中がいる」

わかれる間際の、少年の声がよみがえる。

「そこで旅はおわりだ。だから——かならず行け」

そう言い残して少年は、自分から追手の中へ飛びこんでいった。〈子ども〉を先へ行かせるためだった。


星が、空で息をしている。

遠い天体の光芒《こうぼう》が、ちりちりと燃えるその音さえ聞きとることができそうだった。

ひどい吐き気に、〈子ども〉はよろめいて立ち止まった。

星の光が強くなっているのは、地上が以前より暗いせいだ。街にともる明かりが、ずっとすくなくなった。戦闘による破壊が、人工の照明を吹き消し、あちこちに人が築いた街並みそのものを空っぽにしてしまっていた。

〈子ども〉は紙のようにごわつく肩掛けを胸の前にかきあわせ、力をふりしぼって前をむいた。仲間はもうだれも生き残っていない。人体発火を敵へ伝えるべき最後の一人、それが自分だった。立ち止まるわけにはいかない。

寒気と吐き気がおさまらない。空腹はとっくに体の一部と化しているのに、この吐き気は耐えがたかった。体の苦痛が、そのまま恐怖となって身の内を吹き荒れた。なにかよくないものが、体の中へ入りこんでいるらしい。人体発火病原体とはべつのなにかだ。正体は知らないがきっとありふれた病が、〈子ども〉の体を食い荒らしている。

それでも、人体発火を敵へ伝えることさえできればいい。最後の一人として役目をはたすことさえできれば、そのあとはもうこの体がどうなろうとかまわない。

足を引きずり、歩きつづけた。あたりに人の気配はなく、だれかに見とがめられたり攻撃される心配はなさそうだった。夜だから、だれかがいたとしても見つかりにくい。いまのうちに可能な限り、進んでおかなければならない。

道々、何度か吐いた。音を立てないよう、全身をこわばらせ、地面に顔をなすりつけるように嘔吐《おうと》した。のどがひりひりと焼けつき、空っぽの腹はねじれるように痛んで、いつのまにか泣きながら歩いていた。

あとすこしだ。この坂をのぼりきれば、仲間の言っていた都市へたどり着く。自分たちを滅ぼそうとした者のいる場所へ。あとすこし――そうすれば、〈子ども〉は役目をはたせる。

林をぬけた。坂の下に都市が現れる。むこうの山までひろがる平地が、塔のような建物で埋めつくされている。

「……え」

思わず声を発した。自分のたよりない体重が、感じられなくなる。

背の高い灰色の建物の窓ガラスは残らず吹き飛び、屋根もごっそり削《そ》ぎとられていた。

土台からかしぎ、たおれかけている建物もある。まるで巨大な怪物が、爪をふるい牙《きば》を立て、脈略もなく暴れまわったあとのようだった。ねばねばとよどんだ空気が、〈子ども〉の鼻腔《びくう》へからみついた。

ここに、いるはずだった。自分たちの故郷を消し去った者たちが、二度と火を使えなくした、自分たちを不要だと、死ねと考えた者たちが。

それなのに、だれもいない。都市には一つの照明もともらず、なんの気配もしなかった。

なぜだ。ここでなにが起きたのだろう。まるで親に追いすがろうとするかのように、〈子ども〉は走った。転びながら坂をくだり、都市へ入ると走りまわって人のすがたを探した。だれかにいてほしかった。人体発火病原体を伝えるべき相手に、生きていてほしかった。自分たちを滅ぼした者の生存を泣きながら懇願し、駆けずりまわって人を探した。

見つけることができたのは、炭化した数体の死体だけだった。

瓦礫《がれき》の散乱する道のまん中に、やがて、がたがたふるえながら〈子ども〉はうずくまる。

まにあわなかった。自分たちが到着する前に、この都市はべつのだれかに攻撃されて、すでに死に絶えていた。星を破壊してゆく死の爪に、〈子ども〉はとうとう追いつくことができなかった。

目を見開き、口をなかば開けて、天をあおいだ。星が、崩れかかった無人の都市の上に燃えている。火が見えるのに、あんなに遠くては人体発火を引き起こせない。星明かりは〈子ども〉に死をもたらしてくれない。

もう動くことができない。涙も流しつくし、どんな表情も浮かばなかった。放心している〈子ども〉の上に、そのとき、すいと尾を引く星が現れた。流れて消えてしまうのではなく、銀の尾をさらさらとなびかせて夜空をわたってゆく。

「千年彗星——」

あれが、きっとそうだ。遠い国で打ちあげられた、人工の星。妖精《ようせい》、天の子ども、空の上から地上を見守る人の形をした星、〈揺るる火〉。

見えているだろうか。自分のことも、あの星は見ているのか。地上でたすけを求める者を、あの星は見つけて救助を呼ぶのだという。けれど……

ほんとうにあの星が人を救うものならば、この都市が滅んでいるはずなどないのだった。仲間が死ぬこともなく、牛たちや姉や祖父や母のいる故郷も、あんなことにならずにすんだのだ。

あんなにきらきらと、祝祭の花火のように輝いているのに。あの星は〈子ども〉と同じ——役立たずだ。

そのときかすかな物音がして、〈子ども〉はぼんやりとふりかえった。

クン、と悲しげな高い声を発して、がりがりに痩《や》せた一匹の犬が立っていた。あばら骨を無残に浮かせ、おびえきった目でこちらを見つめていた犬が、やがてはたはたと尾をふった。瓦礫と埃《ほこり》で汚れた道を駆けてくる。野犬だ。食べられるのだと、〈子ども〉は思った。しかし犬は鼻を近づけてにおいを嗅《か》ぐと、ひたむきに尾をふりまわしながら〈子ども〉の頬をなめた。たいした余力のないはずの体から、乾いた鼻を通して歓喜の音を高く響かせる。

生きた人間を見つけて、獣が安堵《あんど》しているのがわかった。〈子ども〉はおどろきながらも、犬の体温に吸いよせられるように手を伸ばしていた。重い腕を持ちあげ、犬に自分の体を密着させた。

べとつく毛並みから、こうばしいよろこびのにおいがした。

〈子ども〉と犬を置き去りにして、銀色の彗星はいつのまにか夜空を通過していった。

第五話　ほのほ

「アカ」

日暮れがせまると、町の中を声は昼間よりずっと遠く響く気がする。

「おいで。もう戸を閉めるよ」

そう呼びかけて、しばらく戸口にたたずんで待っていると、かならずアカは家へむかって駆けてきた。路地を走ってくることもあれば、屋根の上から飛びおりてくることもある。細い尾をもたげて、木戸の把手に手をかけている火穂《かほ》の足に、決まって体をすりよせてくる。

アカが家へ入ると、寒くなりかけている空気が、火もなしにぬくもってくる。すいすいと家の奥へ廊下を歩いてゆく獣は、犬たちとちがって足音を立てない。火穂は、アカのそこが好きだった。

「あ。おい火穂、また傷ふやしてるじゃねえか。捨ててこい、あんな猫」

ぬっとあごをつき出して、横あいからのぞきこんできたのは照三《しょうぞう》だった。いくつも出入り口があるこの家の、いつも使う水路側の戸口から帰っていたのだろう。眼帯をつけた顔をしかめて火穂の肩口をにらみつけている照三から、共同炊事場の油や調味料のにおいがする。

「引っかき傷だらけじゃねえか。お前、全然なつかれてないだろ。いいかげん、おれが捨ててくるぞ」

上背があるのをいいことに上からものを言ってくる照三のむこうずねを、火穂は靴の先で思いきり蹴《け》りつけた。

「うるさい。捨てない。人でなし」

のどのどこかからひしゃげた悲鳴をもらし、片足を折ってかかえこもうとする照三にそう吐き捨てて、火穂は微妙な傾斜のある廊下を進んだ。狩り犬以外の動物は、飼育禁止だろう——そんな意味のことを言う照三の声が追ってきたが、聞く耳を持つつもりはなかった。第一それは、神族がこの国を治めていたときの決まりごとだ。統治者がかわってまもないいま、さまざまな規則の輪郭が揺らいでいる。これまで、管理されていない動物は狩り犬への病気の感染をふせぐためにみな処分されていたというが、この先はどうなるかわからないではないか。

台所では、おばさんがお茶をいれるための湯を沸かしていた。いつも照三が使う椅子の上にあがり、アカはすでに体をまるめて目をつむっていた。

「これから寒くなるわねえ。暖房用の燃料、たりるのかしら」

いまより節約しないと、と言いながら、おばさんは三人ぶんの湯呑《ゆの》みへお茶をそそぎ、遅れて帰宅するおじさんのための湯の入ったやかんに、古い毛布でこしらえた覆いをすっぽりとかぶせた。こうしておくと、しばらくは熱いままにしておけるのだ。

「まったくよう、燃料も食料もたりねえってときに、なんだって猫にまで食わせなきゃならねえんだ」

憮然《ぶぜん》とした表情で、照三が台所へ入ってきた。自分の椅子に堂々と乗っかっているアカにいやそうな視線をむけ、さげていた袋をテーブルに置いた。町の共同炊事場で働く照三は、あまりものを要領よくもらって帰ってくるのだ。

「アカは、自分の食べるものは自分で捕ってるもの」

照三が椅子を引く前に、火穂はまるまっていた猫を腕に抱きあげた。いきなりかかえあげられて、アカは牙をむいて四肢をふりまわす。あっさりと火穂の手から逃れると尾を高くくねらせ、ふりむきもせずに台所を出ていった。

「あんな動物でも、自分の口は自分で養わなくちゃと思うのかしらねえ。布団に入ってくると温かくていいのだと、父さんまで気に入ってしまって。お前ね、アカに文句ばかり言っていないで、心配いらないくらいの火が買えるように、もっとしっかり働きなさい」

おばさんがそう言うと、照三は口をゆがめながら椅子に座った。先ほどまでアカが体をくっつけていた椅子は、具合よく温まっているはずだった。

「火穂ちゃんにも、もうすこし温かい服を見繕わないとね。どんな色がいいかしら」

両の手で湯呑みをつつみ、おばさんはにこにこと火穂の顔や体を見つめた。が、その視線が火穂に似合う色を探っているのではなく、先ほど暴れた猫の爪でどこかに新しい傷がついていないかたしかめているように感じられ、火穂はうつむいて照三のとなりに座った。

アカは、火穂がおばさんといっしょに勤めている作業場の、排水路で見つけた。洗濯をしおえたあとの汚れた水を流す水路から響いてくる声に、はじめは人間の赤ん坊でも捨てられているのかとのぞいたのだ。汚水に濡《ぬ》れそぼってふるえていたのは、赤ん坊ではなく猫だった。火穂は爪を立てられながら猫を引っぱり出し、家へ連れ帰って毛皮を拭った。ひどく衰弱していたので、体を温めて餌を食べさせた。アカという名前をつけたのは、縁起を担ぐ火の色の名を、人と同じにあたえたかったからだ。

朝、家の者が仕事に出かけるのと同時におもてへ出、好き勝手に歩きまわり、日が暮れるころになると家へ帰ってくる。ネズミやトカゲを自分で捕らえて食べてくるようだったが、空腹を訴えれば火穂が餌をやっていた。縞《しま》ともぶちともつかない、煤《すす》をなすりつけたような不恰好《ぶかっこう》な毛色の猫だったが、両の目は木々人のそれのように深い緑色に澄んでいた。

「……餌ぐらい、どうにでもしてやるよ。火穂にけがさせるのが気に入らないって言ってるんだ」

白湯《さゆ》と味の変わらない薄いお茶を火穂が口にふくむのと同時に、照三がそっぽをむいてぼやいた。

衣服や布製品の加工をおこなう工場がつぶれてしまったため、町の洗濯場では、仕立て直しや修繕、大物の染色や縫製も引きうけていた。工場へ勤めていた者たちも、いまはこちらで働いて身を養っている。工場勤めだった者たちは、もともと仕事中に口をきく習慣がなかったのだろう。こちらへ移ってきた者の大半が、ひたすら無言で作業をこなしてゆく。

はじめこそ、火穂は自分の外見が周囲をぎょっとさせはしないかと心配した。炎魔の爪による傷痕《きずあと》が、いまも顔や首にくっきりと残っている。だが、作業場で働く者たちも、痛々しい傷痕を顔や手に――あるいは衣服に隠れた場所に――大なり小なりせおっていた。〈蜘蛛《くも》〉の襲撃が起こり、旧世界の火によって工場地帯が破壊された、そのときにおった傷だ。

火穂は洗いおわった布地を、裏手にある物干し場にひろげていた。風がつめたいが、晴れているから予定どおりに乾くだろう。汚れを落として漂白した帆布地《ほぬのじ》は、新たな統治者となった明楽が自分の住まいのそばに造っている居住区で使われるものだ。貧民区の住人として工場地帯のあちらこちらにひっそりと住みついていた人々を、明楽は自分のもとへ集め、とりまとめている。そのことが新たな王への反感を買ってもいるのだが、なかば力ずくで、もっとも貧しい者たちの救済を急いだのだった。

昼には一旦《いったん》休憩に入る。働き手たちは近くにある共同炊事場や廉価な屋台へ行き、食事を摂《と》るか、水路のそばに座って噛《か》み煙草で空腹をまぎらわす。火穂は、おばさんに作業場のすみへ手まねきされた。

「火穂ちゃん、これ、お願いね。できるだけ栄養のつくものになさいよ」

「……うん」

おばさんが持たせた小銭を見おろしながら、うなずく。前掛けのポケットにそれをしまって、おもてへ出た。

雲が流れてゆく。空というものを見ることに、火穂はいまだに慣れない。生まれた村では、いつも暗い坑道の中にいた。厄払いの花嫁に出されてからも、回収車の中か黒い森、屋根のある場所ばかりに閉じこもっていた。

工場からもうもうと流れていた排煙が、いまは半分以下になり、薄青い色をした空を背景にして洗濯物が重たげに揺れている。それを横目に見ながら、火穂は坂の上へ足をむけた。このおつかいをたのまれるのは、今日で五日目だ。屋台で二人ぶんの昼食を買って、中央書庫のとなりにある活版所まで持ってゆくのだ。

と、路地を歩く火穂を見おろして、そばの屋根を猫が走った。昼食のときはアカもいっしょだ。火穂には食べ物の味のちがいなどよくわからないので、いつも同じ、アカにも食べやすそうなものを買う。買い求めた食べ物のつつみをかかえて、火穂は細い水路をいくつか越え、まがりくねった道を上へ上へと進んだ。

中央書庫は、外壁をくすんだ薄茶色のタイルで覆われた背の低い建物だ。それでも中は三層構造なのだという。低く見えるのは横幅がずんぐりとしすぎているせいか、むこうに尖塔《せんとう》をつらねる学院のせいか。中には書物が山積みになっているのだというが、火穂は入ったことがない。動くことを忘れた大きな亀のような中央書庫のとなりに建っているのが、書物を作っている小さな活版所だ。

　建物の中は薄暗い。湿ったインクのにおいが充満し、印刷機や製本機が稼動時に立てる音のほかは、のぞくのもはばかられるほどの静けさだ。

「こんにちは」

　入り口から声をかける火穂の足もとをめがけて、アカが屋根から飛びおりてくる。

　やがて、むっとするインクと紙のにおいの奥から、ふちの黒い眼鏡をかけた痩《や》せた男が現れた。骨の形が浮いて見えるほど痩せ、まるで暗い墓場からさまよい出てきた幽鬼のように見える顔で、火穂にむかって笑いかける。

「やあ、今日もご苦労さま。いま出てきますよ」

　学院の教師でもある不気味な容貌《ようぼう》の男のうしろに、白いあごひげを蓄えた太った老人がつづき、活版所の奥へむかって声を張りあげた。

「おおい。休憩だよ。聞こえているんだろうね」

　がたっと響いたのは、椅子を引く音だろうか。よろめくような足音をさせ、なかば走ってきた煌四《こうし》が、火穂のすがたをみとめて奇妙に眉《まゆ》をさげた。煌四がなにか言いかけたが、その前に白ひげの老人が張りのある声を響かせた。

「では、一時間後にもどります。きみはほんとうに、もっとしっかり食べなさいよ」

ほがらかに言って老人が煌四の肩をたたき、二人の大人は連れ立って、どこかへ昼食を摂りに行ってしまった。

煌四が、開けっぱなしだった活版所の扉を閉める。火穂はその背中を見るのがきらいだ。背すじを伸ばしていても、いまにもひしゃげそうな背骨のきしみが伝わってくる気がする。木戸が閉まると、時間から切りはなされたような暗く湿った空間が隠れる。

「これ」

先ほど買った食べ物のつつみをかざすと、煌四はこまったようすで自分の頭へ手をやった。衣服に染みついたインクのにおいがむっと鼻を刺激して、火穂は眉間《みけん》にしわを寄せる。

「ありがとう、でも、もう大丈夫だよ。すこしずつだけど、自分で働いてるし……」

おばさんからたのまれなければ、火穂もこんな面倒なことはしていない。それを説明するのも面倒で、火穂はだしぬけに煌四のむこうずねを蹴《け》りつけた。

「うるさい。アカが餌を待ってるの」

痛かったらしく、体をかがめて顔をしかめる煌四に背をむけ、活版所の南側、半屋外になっているトタン屋根の下に腰をおろした。ぶちまだらの毛並みをくねらせて、アカが火穂のとなりに陣取る。煌四はあきらめて、火穂のそばへ座ると、礼を言いながらつつみをうけとった。

屋台で買ってきたのは、味つけして焼いた偽肉を麦粉のパンではさんだものだ。どう調理したものか、つつみ紙にぎとぎとと油が染みている。この偽肉は、もと燠火家――いまは燻家《くゆり》にかわった――が経営する工場で生産されたものだ。栄養価が高く、以前よりも廉価になった偽肉は、町の至るところで手に入れることができる。

火穂たちが座った半透明なトタン屋根の下には、床几《しょうぎ》の上に十冊ほどの本がならべてある。どれも黄ばんですり切れ、相当古いものばかりだ。きのうまで、こんなものはなかった。

「捨てるの、これ？」

「まさか」

火穂の問いを即座に否定し、煌四は、床几のはしに重石《おもし》を載せてさげられた紙を指さした。

「ほら、そこに書いてあるとおりに、貸し出しをはじめたんだ。まだ試験段階だけど……これまでは、書庫の登録証のある富裕層にしか本の閲覧ができなかった。だけど、町で働く人たちにも、読めるほうがいいだろ」

はじめはおずおずとした調子だった煌四の声が、話すうちに勢いづいてゆく。

「やがては、だれでも自由に書庫の本を読めるようにするべきなんだ。ぼくらには、旧世界のように大量の書物を印刷することはできないけど……ゆくゆくは、子どもが働かなくてもいいようにするべきだと思ってる。そうすればきっと――」

火穂は煌四の語る声を片耳だけで聞きながら、パンに油を吸わせた偽肉の切れはしをアカに食べさせた。

煌四が指さした文字の書かれた紙をにらむ。ほら見ろ、書いてあるだろうと言われても、火穂にとってはほとんどの文字が意味を持たない。村生まれでも灯子は読み書きができたが、火穂は首都へ来てからやっといくつか、言葉の読み方をおぼえた程度だ。自分の名前すらまともに書けない。それに、子どもだからといって、働かずになにをしていろというのだろう。

「……自分が働きすぎて、たおれたくせに」

ぼそりと言うと、煌四がみるみる顔を赤くした。なにか言おうとして言葉をとり逃がし、気まずそうに、油の染みたつつみを両手でにぎりなおす。

煌四の妹の緋名子《ひなこ》が息を引きとり、共同墓地への埋葬がおわった、その数日後。煌四は妹の死をふりきるかのように、修理工場で働きはじめた。昼間は工場地帯へ勤め、夜は自宅で雷火の使い道についての研究をつづけた。文字どおりに寝食を忘れて働きつづけ、つづくはずもない無理をするものだから、だれもいない家の中でたおれたのだ。学院の教師たちが不審に思って家まで来たからたすかったものの、あと何日か見つかるのが遅ければ、そのまま衰弱死していてもおかしくはなかったという。

その出来事があってから、煌四は勤め先をこの活版所へ変えた。そして、心配したおばさんが、こうして火穂に昼食をとどけさせるのだ。

煌四は、心底すまなそうに、萎縮《いしゅく》しきったようすでもう一度謝った。閉めきった家の中でたおれていたところを見つかった直後に、先ほど出ていった痩せた教師に、それはそれはひどく叱られたのだという。あの骸骨《がいこつ》のような顔が怒りにゆがんだら、たしかにそれだけでも怖いだろうと思う。

「……ほんとうに、もうあんなことはないようにする。火穂にも、毎日来させてごめん」

「じゃあ、自分でおばさんにそう言いに来て」

家に呼べとも、何度も言われている。煌四はかたくなに遠慮するのだが、部屋数だけは無駄に多いから、いっそ引っ越してくればいいと、おばさんもおじさんも言う。

「……うん。ちゃんと伝えに行く」

うなずいて、煌四は偽肉を嚙《か》みちぎった。煌四がちゃんとアカにも肉をやるので、その点だけなら、火穂はここで昼食を摂《と》るのもやぶさかではなかった。

煌四が手を伸ばしてなでると、アカは緑色の目を細めてぐるぐるとのどを鳴らした。狩り犬と暮らしていたせいなのか、動物のあつかいに慣れているようだ。火穂には爪を立てるばかりなのに、アカはすっかり甘えたようすで尾をくねらせ、寝転がって無防備に腹まで見せている。

空気に、水のにおいがまじっている。首都は町も工場地帯も、あちこちが水路だらけだ。海からの風も吹いてくる。……海に臨む共同墓地に、煌四の小さな妹は埋められた。悲惨なまでに痩せさらばえて、それでもなぜか、その顔は頰笑んでいるように見えた。煌四の妹は、生まれる前から工場毒に侵されていたのだという。そのうえさらに、神族の薬によって体を作り変えられ、最期は水すら飲めずに死んでいった。看病を手伝いに来た火穂のことを、何度もまちがえて「灯子ちゃん」と呼んだ。消え入りそうな呼び声を、火穂は決して訂正などしなかった。緋名子が安心して呼べる名前こそが、重要だった。

「火穂、この猫、いっしょにいて大丈夫なのか？　あちこち、引っかかれてるみたいだけど……」

気遣わしげに尋ねる煌四の手には、アカは爪を立てるそぶりも見せない。火穂は、むすっと口をまげた。

「大丈夫。なのに照三さんが、すぐに捨てろって言う。人でなしだ」

憤懣《ふんまん》を吐き出してから、火穂は、無防備になでられつづけるアカを見つめた。

「捨てたりなんかしない。アカは灯子に似てるから」

煌四が虚をつかれたように、目をまるくした。

「どこが？」

腹を満たして気がすむまでなでられ、アカはふいにするりと立ちあがると、本が載った床几のすみに飛び乗ってうたた寝をはじめた。

「足音がしないところ」

目を細めた猫の顔は、幸せそうだ。やわらかな体をまるめたまま、アカはぷっくりと息をつく。尾の先だけが床几からはみ出してしなやかに揺れた。煌四はそれを見て、小さく笑った。

「ああ、ほんとうだ」

「……灯子とかなたは、もう村へ帰るころかな」

回収車に乗って紙漉《かみす》きの村へむかった火穂の友達は、なにごとも起きていなければ、いまごろ村へ帰り着いているはずだ。

「きっと帰ってるよ。大丈夫。かなたが絶対に守ってるから」

そう言う煌四の声がいやに明るく、火穂はなんだかいまいましくなって顔をしかめた。

神族と〈蜘蛛《くも》〉が争い、工場地帯が半壊状態になって、共同墓地にはいっぺんに墓標がふえた。骸《むくろ》のある者も見つからない者も、生き残った者たちは墓標である小さな常緑樹を植えて弔った。ただ一つ——墓が作られないままの死者がある。煌四や、火狩りの王となった明楽と親しかった火狩りだ。いま狩り犬として明楽のそばにいる犬の、もともとの主《あるじ》だったという。

煌四はほんとうなら、妹を看取《みと》ったあと、なにもかも投げ出したかったのではないか。一瞬でも、そんな願望が頭をかすめたのではないか。だからこそ、たおれるまで無理をしたのだ。それなのに、もう平気だと言う。火穂の運ぶ食べ物をちゃんと飲みくだして、アカを慣れた手つきでなでる。

平気なものか。煌四がせおったのは、妹の死だけでも、墓のない火狩りの死だけでもない。首都を襲撃した〈蜘蛛〉を空から撃ったいかずち。それを生み出す機械を造ったのが煌四だ。神宮下の崖《がけ》のふもとに、いかずちに撃たれた〈蜘蛛〉たちの亡骸《なきがら》は埋もれたままになっている。煌四はその〈蜘蛛〉たちの死を、すべて引きうけるつもりでいるらしい。家族が一人もいなくなった少年は、見るからにたよりなく、強がってみせることすら下手くそだ。

腹が立った。立ちあがりざまに、もう一度むこうずねを蹴りつけてやろうかと思ったが、やめておいた。アカが気持ちよさそうに昼寝しているので、火穂は起こさないようそのままにして、仕事にもどることにした。日暮れには、この猫はまた家へ帰ってくる。

つぎの日は風が強いのに、奇妙にじっとりとして気温が高かった。出勤前の空模様を見あげながら、嵐でも来るかもしれない、と照三が顔をしかめていた。天候が荒れそうになると、つぶれた左目の奥が痛むのだそうだ。

湿気をはらんだ灰色の雲が、高く澄んだ空の手前を流れてゆく。しかし昼近くになっても、雨は一滴も落ちてはこなかった。

火穂は今日も活版所の外で、屋台で買った昼食を摂っている。となりには煌四が座っており、アカはまだ来ていなかった。

「だれか持ってったの、この本」

床几《しょうぎ》の上にならぶ本の数は、きのうと同じに見える。

「いいや、まだだれも」

きのうと同じ昼食をかじりながらこたえる煌四の声は、とくに落胆しているようでもなかった。もともとこれはついでにはじめたことで、煌四の学院の教師たちも、本腰を入れてとり組んでいる仕事はべつにあるのだ。

神族たちと各地の結界を支えていた姫神、手揺姫がいなくなり、いまは〈揺る火〉の残した火が炎魔の棲《す》む黒い森から人々を守っている。その火の力が消える前に、雷火で新たな結界を作り、人々を生かす方法を探ろうとしているのだ。もしその方法が見つからなければ、結界の力は消え、首都も村も、人が住んでいられる場所ではなくなる。神族から統治の座を奪ったかわりに、人間が死に物狂いでとり組まねばならない課題だった。

もうじき休憩時間もおわりだ。火穂はアカにやるぶんの偽肉を残して、立ちあがった。どこかべつの場所で食べ物にありついているのか、アカはすがたを現さない。

仕方がないので作業場へもどろうと、スカートの裾《すそ》をはらった。

――と、煌四が横をむき、なにか一点を見つめているのが視界に入った。同じ方向へ目をやると、中央書庫の入り口に、数人の大人が立っていた。学院の教師たちではない。薄い灰色の制服すがたは、富裕層の屋敷の使用人たちだ。四人の使用人を従えて、黒檀《こくたん》色《いろ》の長衣《ながぎぬ》をはおった男が立っている。がっしりとしたそのうしろすがたにほとんど隠れて、ゆるく波打った髪がちらりと見えた。

「あ」

風が強いせいで、結いあげきれずにほつれた髪がくるくるとなびいている。綺羅《きら》だ。

ではそのとなりの黒檀色の長衣の人物が、いまの偽肉工場の経営者だ。綺羅といっしょに工場を運営している、燻家の当主――綺羅の伴侶《はんりょ》だ。火穂は一度か二度、遠目にしか見たことがないが、偽肉工場を引きついだ人物はすでに初老と呼んでもさしつかえのない容姿をしている。白いものがまじった頭髪もあごひげも、顔中に深々と走るしわも、綺羅より二回り以上は年老いて見える。

「夕刻に迎えに来よう。それまで、ちゃんと書庫の中にいるように」

体軀《たいく》の大きな当主が身をかがめ、綺羅にそう伝えているのが聞こえてくる。ぶ厚い帳面をかかえた綺羅は、うなずくかわりに深く頭をさげた。入り口わきの小窓に登録証を見せ、綺羅が一人の使用人をともなって中へ入る。それを見とどけると、燻家の当主と残りの使用人たちはその場をあとにした。中央書庫に用のある綺羅を送ってきたらしいが、そのようすは物々しすぎるといってよかった。

「……あの人、夫じゃなくて、親かおじいさんに見える」

立ち去ってゆく当主のうしろすがたを見やりながら、火穂はぼそりとつぶやいた。煌四が、ズボンをはたきながら立ちあがった。

「うん、歳はそれくらいはなれてるのかな。だけど、もともと燻家は熯火家と同じ、食物生産をする工場の経営すじだから。一度落ちた偽肉工場への信用も、きっと持ちなおせる」

「ふうん」

「仕事にもどろう。いつもごめん。……おばさんには、今日、ちゃんと話しに行くから」

煌四はそのまま、火穂に背をむけようと身をひるがえしかけた。が、屋根の上から飛びおりてきたものが、その動きを止めさせる。火穂も思わず目をしばたたいた。二人の前に着地して緑の目を光らせているのは、アカだ。いまごろ、活版所の屋根の上から飛んできたのだった。

「アカ。どこに行ってたの？　もうもどらなくちゃ――」

火穂が眉《まゆ》をつりあげるのに目もくれないで、アカは、口にくわえていたものを路面にぽとりと吐き出した。ネズミか小鳥でも捕ってきたのかと、火穂は猫の前にかがみこみ、そうして首をかしげた。

「なに、これ？」

アカが運んできたのは、生き物の死骸《しがい》ではなかった。黒ずんだ色の木片だ。どぶの中からでも見つけてきたのか、ひどいにおいが染みついている。火穂は猫がふたたびそれを口へくわえないように、汚れた木片をつまみあげた。親指と人さし指でつまんでみると、手ざわりは思いがけずなめらかだ。目の高さにかざす。それはただの木片ではなく、木彫りの細工物であるらしかった。奇妙な波の紋様をまとい、尾をうねりあがらせた、どうやら魚の形の彫刻だ。

「アカ。だめでしょ、こんなもの拾ってきちゃ――」

細工物はぼろぼろで、魚の腹のあたりに傷がついていた。なまくらな刃物ででたらめに彫ったような、まだ新しい傷だ。

「これ……どこで見つけたんだ？」

言葉と同時に、煌四の手が火穂のかざす木彫り細工をつかみとった。動揺のために、瞳《ひとみ》が細かに揺らいでいる。

アカはどこか得意げに尾をくねらせ、そうして、ついてこいと言わんばかりに、こちらをふりむきながらすらりと身を転じる。火穂は、煌四の顔を見あげた。人と協力するように訓練をうけている狩り犬ならばともかく、野良《のら》だった猫が人間の思いをくんで動くことなどあるのだろうか。しかし、

「行こう」

煌四はためらいなく、アカについてゆこうとする。軽い身のこなしで、アカは坂の下へむかって歩きはじめる。

「でも――仕事は？」

「先生たちには、あとで説明する。これに、『たすけて』と彫ってあるんだ。まだ新しい。だれかが待っているかもしれない」

魚の腹の傷。あれは、文字だったのか。

（読めなかった……）

ただのでたらめな傷にしか見えなかった。火穂は胸の中に激しい混乱をいだきながら、ふと背後に視線を感じてふりかえった。中央書庫の頑丈な扉が開き、そこから青白い顔がのぞいている。ゆるやかに波打った髪が、頬の横に揺れている。綺羅が、こちらを見ていた。火穂たちの声を聞きつけたのだろうか。書庫から出ようとして、さらに扉を押す。うしろにひかえた使用人が、あわてた顔をしていた。

「お嬢さま……いえ、奥さま。いけませんよ、旦那《だんな》さまが……」

使用人が、綺羅をうしろへ引きもどそうとする。火穂は走っていって、なにも考えないまま、わずかに開いた扉のすきまから綺羅の手首をつかんでいた。火穂の傷まみれの顔を見て、使用人が目をみはる。

「いいでしょ、綺羅の友達だから」

短く言うと綺羅の手を引き、そのまま駆けだした。使用人が鋭くなにかをさけんで、ついてくる。それでもかまわずに走った。アカに追いつかなくてはならない。つかんだ綺羅の手が思ったよりもずっと細いので、腹が立った。

火穂に無理やり走らされながら、綺羅はなにも言わない。この子は口がきけないのだ。神族の異能で〈揺るる火〉の入れ物——依巫《よりまし》にされ、もとにもどってからも、声が出せないのだという。

ぼろぼろだ。手首をにぎっただけで、この体がとてももろくなっているのが感じられる。こんな体で、綺羅は偽肉工場の経営を立てなおすため働きつづけている。さっき自分たちが食べた肉がこの子の体から削《そ》ぎ落とされたもののような気がして、それでますます腹が立ち、火穂は足を速めた。

「ま……待ちなさい！」

使用人がずっとついてくるが、かまわなかった。

頭の中には、共同墓地の常緑樹が揺らぐすがたが浮かんでいた。あそこにない墓。まだ弔われていない者。

ちゃんとその人を弔わないから、煌四も綺羅も、大人ぶったふりをして、こんなにまわりを心配させつづけるのだ。

風がうねっている。もうじき雨が来る。まとまりきらない綺羅の髪が、風の形をなぞって暴れる。

「こっち」

まがり角の先から、煌四の呼ぶ声がした。追いつく前にそのすがたが見えなくなる。

不思議だった。黒い森の中でも、村の坑道の中でもなく、入り組んだ首都の町中を走っている。なぜ自分が生きてこの場所にいるのか、火穂にはときおり、それが不当なことに思われる。竜神《りゅうじん》に守られていた生まれ故郷の水晶の村は、守《も》り神《かみ》を失ってとうに炎魔に襲われただろうに。厄払いに出され、火穂はずっと、死のうとばかり考えてきた。たすけられつづけ、やっと生きてゆこうと決意し、しかし首都ではだれにもかかえきれない数の者たちが死んでいった。生まれた村でも厄介者でしかなかった自分が、たくさんの死者たちのいるこの場所で生きていることに、ときおり火穂は、とほうもなくとまどう。

　ふるえている綺羅の手を、きつくにぎりつづけた。いつのまにか、どちらの手がふるえているのだかわからなくなっていた。

　やがて火穂たちは、息を切らしながら立ち止まった。空が一気に暗くなり、煌四が見あげている古びた建物を、いっそう朽ちかけて見せている。木造の、横むきに幅をとった建物だ。廃屋だろうか。人の気配がしない。裏手に流れる大きめの水路から、水のにおいが建物へからみついていた。

「……アカは、ここへ入っていった」

　煌四が足もとを指さす。外壁の板材がたわんで、細いすきまができていた。猫ならばたやすくくぐれるだろうが、人間には無理だ。火穂が連れてきた綺羅のすがたをみとめて、煌四は一瞬目をまるくしたが、すぐに建物の前へまわって一番手前の扉へ手を伸ばした。建物の前面に、そっくりな扉が三つ、等間隔にならんでいる。ここは貸し長屋なのだ。順番に扉の把手《とって》をまわしてみるが、どれも鍵《かぎ》がかかっているらしい。

「だれかいますか？　聞こえますか」

　声をかけながら煌四が戸をたたくが、中からの返答はない。ただかさかさと、なにかの動く音が耳をかすめた気がしたが、中にいるアカの立てた物音かもしれない。しんとして、空気が重い。雨が降りだす前にアカを家へ連れ帰らなくてはと、火穂は焦りをおぼえた。

激しく息があがっている綺羅の肩に、追いついてきた使用人が手をふれた。その不安げな顔が、しんとした建物を見あげる。

「お、お嬢さま……いけません。勝手にいなくなってしまわれては……旦那《だんな》さまが、心配なさいますよ」

自分も肩を上下させながら、使用人はいたわしげに綺羅の肩を抱いた。

「お久しぶりです」

こちらへむきなおった煌四が、使用人にむけて丁寧に頭をさげた。使用人が息を呑《の》み、口もとを手で覆う。

「——煌四さん？　まあ、気がつきませんでした。お元気でしたか？　一体、なにごとなんです」

アカがくわえてきた木彫り細工を見せながら、煌四が綺羅と使用人にむかってここへ来た経緯を話しはじめる。

火穂は綺羅の手をはなして、建物のわきへかがみこみ、アカが這《は》いこんだという壁のすきまをのぞきこんだ。雲が日を陰らせているせいで、中にはただまっ暗闇がわだかまっているばかりだった。

「でも、お嬢さま、いえ奥さま——」

使用人の声に顔をあげると、綺羅がかかえていた帳面を開いてなにか書き、それを見せている。

「いけません。書庫にいるようにと言われたのに、旦那さまに叱られてしまいます」

眉をひそめる使用人に、綺羅は口を結んでかぶりをふる。そのかたくななしぐさに、使用人は眉間《みけん》を押さえながらうつむき、やがてあきらめたようにため息をついた。

「まったく、お嬢さまは、頑固者なんですから」

そう言うと、きびすをかえして足早にどこかへむかった。

綺羅がこちらへ来て、火穂のそばへひざを折る。そうして帳面の余白にさらさらと新たな文字を書きくわえたが、火穂にはそれを読むことができなかった。一つ二つ、音を表す文字は拾うことができたが、あとは意味不明だ。

「さっきの人、どこに行ったの？」

かわりに煌四に顔をむけ、尋ねた。

「この建物の管理者から鍵を借りてきてくれるように言ったんだ、綺羅が」

建物を見あげながら、煌四が説明する。

「だけど……なんで綺羅がいっしょに来たんだ？」

すると、綺羅の指が火穂をしめし、つぎに自分の顔をさし、またなにか文字を書いた。

それを読んだ煌四が、どこか力がぬけたように笑う。綺羅も弱々しく、顔をほころばせた。なにがおかしいのかわからなかったが、火穂は二人の気配がほぐれたことに、自分でもおどろくほど深く安堵《あんど》した。

すぐに使用人は、鍵を持ってもどってきた。貸し長屋の管理人は高齢で足腰がおぼつかず、あとから来るという話だった。手前の扉に鍵をさしこみ、開いた。中へ灰色の薄明かりが切りこみ、うしろからのぞく火穂は、肩をびくりとすくめた。足の下が揺れている気がした。こんな建物の中を見るのははじめてだ。それなのに、ここをよく知っているように思った。あの場所に、ここは、なぜか似ている。――

屋内の暗がりを、なにかが走ってゆく。

――ぶたないで。

(子ども?)

小さな子どもが逃げてゆくのが見えた。……いや、いま走っていったのは猫だ。アカが、おどろいて逃げたのだ。床の下を、すばやく這う音がする。どこかから床下へもぐって、となりの部屋へ逃げこんだらしい。

外へ出て、使用人がつぎの扉を開ける。錠の開く音が、火穂の耳の奥までえぐりこんでくる。自分がなにに動揺しているのかわからないまま、知らないうちに息を止めていた。

つぎの部屋も無人だった。部屋の中にはなにもない。がらんとした、ただの壊れかけた空間だ。――郷里の村もこんなふうに、山の下に虚《うつ》ろな坑道をかかえて、いまでは無人と化しているのだろう。結界を守っていた姫神の憑依獣《ひょういじゅう》である竜神さまが、〈蜘蛛《くも》〉に狂わされて回収車を襲い、襲った車の上へ長い体をもたせかけて死んだのだから。

結界を失えば、黒い森のただ中にある村は、炎魔の襲撃をうけて壊滅するほかない。

(生き残ったのは……あたしだけだ)

生まれた村を、火穂は恋しいと感じたことがない。役立たずだと疎まれてきた火穂にとって、そこはただおそろしい人たちの住むおそろしい場所だった。あそこにいた人たちは、いまごろ、一人残らず死んでいるにちがいない。だれにも弔われずに。近くの森に住む木々人が、死んだ者たちを葬っただろうか。あるいはよその村へ逃がし、わずかでも命を救ったのだろうか。わからない。厄払いの花嫁として村を出された火穂には、もう、知りようがない。

使用人が三つめの扉を開ける。火穂はそちらへ、無理やり視線をむける。なぜいま、村のことなど思い出しているのだろう。この建物と、なんの関係もないのに。

ただ、打ち捨てられた無人の空間が水晶を採掘する坑道の暗がりに似て見え、そして最後の扉が開かれたとき、火穂の目はたしかに、その奥にうずくまる、たすけるべき者を見つけた。

見開かれた二つの目が、こちらを見ている。緑に光るアカの目ではない。白濁した、まばたきをしない目。床にうずくまる痩《や》せた体から、なまぐさいにおいが発せられている。部屋中に、水垢《みずあか》がこびりついているかのような臭気だ。濡《ぬ》れ濡れとした髪を垂らした人間のそばに、アカとよく似た獣が何匹も寄りそって瞳《ひとみ》を光らせている。——

「……くれはさん!」

さけぶ声と、床板を蹴《け》る足音が耳をつきぬけ、頭蓋《ずがい》の中をかきまわした。『たすけて』という文字を木彫り細工の魚の腹に刻みつけ、アカにそれを託しただれかのもとへ、煌四と使用人が駆けつける。

頭上で音がした。天井よりも上、空のむこう。上空で起きる大きな音の、低い低いこだまが響く。遠雷の音が、ここにいる者たちのあいだに重い緊張をもたらす。

あの晩の記憶が、頭蓋の中にはぜた。幾度も幾度も、いかずちが工場地帯の上空に閃《ひらめ》いたあの晩、神族統治の最後の日。あの日を、いま首都にいる者たちは生きのび、傷をおった体を引きずって新しい日々を築こうとしている。

火穂の頭の中に、粘り気のある糸が垂れ、記憶がべつの記憶を釣りあげて混乱を呼んだ。……

坑道の中は、まっ暗だった。新しく掘られた穴の中には瘴気《しょうき》が生じているかもしれず、火穂はまっ先にその中へ行かされた。暗い土の中へだれより先におもむいて、そこで息ができるかをたしかめた。いやがればなぐられ、勝手に外へ出ることは許されなかった。あるとき、竜神の守る結界をはみ出した坑道が、頭の上から崩れてきた。たすけを求めることなど思いつきもしなかったが、地崩れで生き埋めになった火穂を救い出してくれたのは、森に潜んでいた〈蜘蛛〉たちだった。〈蜘蛛〉たちは火穂の折れた脚に添え木をして薬を飲ませ、治るまでそこにとどまって食べ物をあたえた。

——強い子どもだ。いっしょに来るか。

――それとも、村へもどりたいか。選びなさい。

そう尋ねてきたのは、男だったのか女だったのか、四歳の火穂にはわからなかった。〈蜘蛛〉たちはみな、炎魔の毛皮を身にまとい、いびつな黒い面で顔を隠していた。〈蜘蛛〉たちは、村の大人たちのように火穂をなぐろうとはしなかった。一歩でも坑道から出ようものなら、いつもこぶしが飛んでくるのに。

あのとき……もしもあのとき、火穂が〈蜘蛛〉についていくとこたえていたら、〈蜘蛛〉の一員になることを選んでいたら、あんな争いは起こらなかっただろうか。大勢の人間が自ら発火しながら工場地帯に火をはなち、いかずちに撃たれてたくさんの〈蜘蛛〉が死ぬこともなかっただろうか。

（ちがう……）

火穂がどこにいようが、生きようが死のうが、なにも変わるわけなどない。あのような大きな出来事を左右するような力は、自分にはない。あの出来事をせおっているのは、煌四であり、綺羅であり、火狩りの王となった明楽であり、そして死んでいった者たちだ――

気がつくと火穂は、床のすみに座りこんでいた。背中をさする手がある。綺羅だ。そばへかがみこんで肩を抱き、火穂の背中をくりかえしなでさすっていた。ぼろぼろだと感じた手は、思いがけず強い力で火穂の体を温めつづけた。

「あ……」

視線をあげると、室内のようすがやっとわかりはじめた。雨戸を開けたので、おぼろな自然光が部屋の中へ入りこんでいるのだ。一間きりの、調度品らしいものの一つもない部屋だった。テーブルも、椅子もない。そのかわり、がらんとした床のすみに、おびただしい数の木片がならんでいた。

それは、木製の彫刻だった。魚や、舟の形の。アカがくわえてきた木彫りと同じ意匠の細工物が、壁際にずらりとならんでいる。床の上には埃《ほこり》といっしょに、おが屑《くず》が散らばっていた。ここにいた住人が手ずから彫ったものなのだろう。うねる波の紋様をまとった木彫り細工たちは、時の古層から空気と戯れるため現れた小さな神々のように、どれもがおとなしげにたたずんでいた。

部屋の奥にいただれかを、煌四と使用人が介抱している。女の人のようだ。やつれはて、髪も衣服もぼろぼろなせいで、ひどく年老いて見える。獣のようにうずくまっていたその人は、いまは床に座りこんでうなだれ、使用人に背中を支えられている。何匹もの気の立った猫が、毛を逆立てながらも女の人からはなれずに目を光らせている。部屋の入り口側で、火穂もその人と同じ恰好《かっこう》をしているのだった。

ひざの上が温かい。いつのまにかアカが、火穂のひざに乗っている。七日月の形の瞳《どう》孔《こう》を持つ緑の目がこちらを見あげていた。綺羅がそろりとアカの背をなで、火穂の顔をのぞきこんだ。

目じりが青い。血の気の薄い綺羅の顔は、それでも瞳《ひとみ》や頰にひそやかな力を感じさせた。ひざに載せた帳面に、綺羅がさらさらと文字を書く。それをこちらへ見せるが、火穂はとほうに暮れて眉根《まゆね》を寄せた。

「ごめん、読めないの。まだ、簡単な字しか……たくさんは読めないの」

謝りながら、アカの背をなでた。アカが、くんくんと鼻を動かす。火穂の前掛けのポケットに、残しておいた偽肉が入ったままだった。

たすけを求めた人物は、衰弱は激しいが生きており、かすれたうめき声で煌四と使用人になにかを訴えている。煌四は、何度もうなずきながらその人に話しかけている。どうやら、礼を言っているようだった。たすかったのだ、あの人は。

「お嬢さま、すぐに医者を呼んだほうがよさそうです。くれはです。まちがいありません。見つかりました――」

こちらへ来ると使用人は綺羅にむけてそう告げ、泣きながらひざをついて、綺羅の肩を抱きしめた。よかった、と嗚咽《おえつ》まじりの声が室内に響く。綺羅は腕を伸ばして、使用人の背中をとんとんとたたいた。

「屋敷から人を呼んできます。ここで待っていてください」

綺羅からはなれて洟《はな》をすすり、使用人はすばやく貸し長屋を出ていった。

使用人が出ていってまもなく、雨雲が真上へ訪れた。

大きな雨粒が薄い屋根をたたく。どこかから雨漏りがしているらしく、しずくの垂れる音が窓の内側に響いた。近くなった雷鳴に、くれはが身をかがめてうめき声をもらした。綺羅がくれはのそばへ移動してひざを折り、先ほど火穂にしたのと同じに、肩を抱く。何度も何度も、その骨の浮いた背中をなでた。くれはに寄りそう猫たちが、綺羅にむかって毒づいた。

火穂はポケットから出したつつみを解いてアカに肉を食べさせ、立ちあがった。どうして床に座ってしまったのか、短いあいだの出来事のはずなのに思い出せない。アカが導いたこの建物の入り口が一つずつ開くたびに、怖い記憶がよみがえったような気がしたが、それがなんだったのか、もはやかすんでしまっている。

「火穂、大丈夫か？」

こちらへ近づいて問いかけながらも、煌四は部屋の奥に座る人物を不安そうにふりかえる。アカは、用がすんだとばかりに火穂のそばからはなれてゆく。まっすぐに尾を立てたうしろすがたのむこうから、赤ん坊の声に似た猫の鳴き声がいくつも、アカに呼びかけるように響いてきた。アカがそれにこたえて、なめらかに鳴く。

「この建物が、野良猫の住みかになってたみたいだ。アカもここで生まれたのかもしれないな……たぶん下水から、くれはさんはここへ入ったんだと思う」

煌四の言葉に、綺羅がうなずく。くれは、というのがあの人の名前らしい。うずくまる女の痩せた手に、アカが頭をすりつけた。うつむいたその人にぴたりと身を寄せてうずくまる猫たちが、突然入りこんだ火穂たちを注意深く見つめていた。

煌四が顔をあげ、ゆっくりと室内へ視線をめぐらせる。

天井近くに張りわたされた細い綱から、黒いものがいくつもぶらさがっている。目を凝らして、火穂ははっと息を呑《の》んだ。それは、幾片かの炎魔の毛皮だった。どれも、鋭い爪がついたままだ。獣の体の一部として形をとどめた毛皮のとなりには、白や黒ずんだ色の、鉤状《かぎじょう》の細工物がずらりと吊《つ》るされていた。炎魔の爪やつのから削り出したものなのだろう。

「釣り針だ」

煌四は、どこか遠くへ呼びかけるような声で言った。

「……なにそれ？」

火穂は尋ねる。くれはのそばへ座りこんだ綺羅が、ぎゅっと帳面を抱きしめた。

「魚を獲《と》るための道具だよ」

「首都では、魚を獲っちゃいけないんでしょ？」

「うん。でも、島ではちがう」

島、という言葉が、とてもたいせつそうに発音された。天井からさげられた釣り針や、床のすみにならぶ木彫り細工を見つめ、煌四は深く息を吸いこんだ。

「……ここは、炉六《ろろく》が住んでいた部屋だ」

島から来た火狩り。墓標のないままの死者……その人が、かつてこの場所にいたというのだろうか？

椅子の一脚すらない、手製の木彫り細工や釣り針が無造作にならぶこの部屋に。

綺羅が口もとへ手をあてる。むこうをむいている煌四の背中を、火穂は注視した。その背中から漂っているのは、重責にひしゃげそうな悲愴《ひそう》感ではなかった。

火狩りがかつていたこの場所に、たすけを求める者がいた。アカが、ここへ連れてきた。

くれはという名の人は、綺羅に背中をなでられながらおびえた表情で上目遣いにこちらを見ている。生ぐさい水のにおいがする。……緋名子と同じ、水氏族の神族に体を作り変えられた者の特徴だ。煌四の妹はみるみる痩《や》せ衰えてとうに死んでしまったのに、この人は生きてここにいる。

ふいに、火穂の耳の奥に、波音がよみがえった。灯子たちと黒い森を逃れ、湾から乗りこんだちっぽけな舟で漕《こ》ぎ出した海。あの舟の上で、いよいよ死ぬのだろうと思った。死ぬのも死なせるのもいやだった。そうしたら灯子が、手紙を書いたのだ。海の守《まも》り神《がみ》へ、死者たちを守護する巨大な鯨へ宛てて——

雨脚は勢いを失わないまま屋根を打ちつけ、風が老朽化した建物に悲鳴をあげさせた。声をなくした綺羅同様、だれも言葉を発しなかった。煌四も綺羅も、うなだれるくれはも、大勢が死んだあの晩のことを思い出しているにちがいなかった。火穂と同じに。……アカ以外の猫たちは、とうとう侵入者にがまんならなくなったのか、やがててんでにあちこちのすきまから逃げていった。

やがて雨の中を、貸し長屋の管理者と使用人が呼びに走ったほかの者たちが駆けつけた。雷の音はしだいに遠のき、雨脚も風も弱まっている。小一時間で去ってゆく部類の悪天候だが、きっとこの雨のあとにはまた寒くなる。

くれはは使用人たちと馬車に乗り、坂の上の屋敷へ運ばれていった。ちゃんと、安全な場所へ行けるのだ。

綺羅は文字を書いて使用人になにごとかを伝え、火穂たちとともに廃屋の部屋にとどまった。

「こんなところに人がいたとはねえ。いやいや、死人が出る前でよかった」

子どものように小柄で腰のまがった管理者は、年をとりすぎて男か女かも判然としなかった。しわくちゃの顔は、しおれて石化した果実じみている。この貸し長屋にはたしかに火狩りが住んでいたのだが、首都の混乱のあとほかの住人たちとともに消息がとだえたという。かといっていつもどってくるとも知れないので、手をつけないままにしていたのだと、のどを傷めた子どものような声で管理者が説明した。

「まあ、もどってはこんでしょうねえ。そろいもそろって家賃も踏みたおし。それでもまあ、あのときは、もう、たくさん死んだから」

にこにこと笑うその顔のしわの奥に、消えることのないべつの表情が隠れていた。

「ここにあるものを、もらってもかまいませんか。火狩りの形見なんです」

煌四が、小柄な管理者にむけて訴えた。管理者はしわだらけの手で腰をさすりながら、うなずいた。

「よろしいですよ。この建物もおんぼろになって、じきにとり壊し。入り用なものがあったら、好きなだけ持ってお行きなさい」

室内にずらりとならべられた彫刻のすべてを持ち出すことはできなかった。煌四も綺羅も両手に持てるだけ小さな木彫り細工をかかえて、外へ出、裏手の水路のそばまで運んだ。

「……これ、どうするの？」

「海へ還《かえ》すんだ」

水路わきの路面に木彫りの舟や魚をならべながら、煌四がこたえる。綺羅も丁寧な手つきで、同じように木彫り細工をならべてゆく。綺羅がさらさらと帳面に文字を書きつけ、煌四に見せる。煌四はほとんど一瞬でそれを読むと、火穂にふりかえった。

「ありがとうって。ここへ連れてきてくれて。くれはさんは、綺羅の屋敷の使用人だったんだ。ぼくと緋名子が燠火家に拾われてから、ずっと親切にしてくれた……そのせいで屋敷を追われて、神族に体を作り変えられてからも、何度もたすけてくれた。その人が、生きて見つかって、ほんとによかった。ありがとう。アカと火穂のおかげだ」

いっしょについてきたアカは、とがった牙《きば》を見せて大きなあくびをしている。綺羅が手を伸ばして頭をなでようとすると、すっとすました顔になって気持ちよさそうにのどを鳴らしはじめた。

綺羅は火穂の顔を見やり、またペンを動かした。書いた字を、煌四に見せる。

「ああ、こうだよ」

煌四はうなずいて、空中に指で文字を書いた。綺羅のまつ毛が動く。そうして、帳面にゆっくりと文字を書き、火穂のほうへページをむけた。

『ほのほ』

そう書かれている。くっきりとした線で大きく書かれているため、火穂にも読むことができた。が、それがなにを意味するのかはわからない。

怪訝《けげん》に眉《まゆ》を寄せる火穂に、煌四が帳面の上の文字を指さしてみせた。

「炎、だよ。火穂の名前の意味」

「……炎？」

アカが濡《ぬ》れた路面を踏むのをいやがって、綺羅のひざへするりと飛び乗った。綺羅はうれしそうに、アカのあごの下をなでる。

「火の穂。大きくて猛々《たけだけ》しい、いちばん明るい火の名前」

煌四が説明する。ほんとうだろうか。そんな意味があるのだと、火穂に教える者などいなかった。

だれがつけたのだろう。産んだ親だろうか。自分が猫につけたアカという名よりは、まともだと思った。けれども、もう関係ない。火穂を産んだ者も、火穂と名づけた者も、みな守《も》り神《かみ》を失って炎魔の森にさらされた。――生死さえわからないから、弔いようがない。自分を捨てた者たちを、そもそも弔いたいのか火穂にはわからない。それでも弔われないままの、生死のさだかでない者たちを、火穂は胸の中に持てあましつづけている。

「これ……ほんとにいいの？　こんなところへ流しちゃって」

木彫りの細工物も釣り針も、みごとな造形だった。炉六という火狩りは、煌四や綺羅、そして明楽にとって、特別な人ではなかったのか。この濁った水路へその人の遺品を流すことが、はたして弔いになるのか。

「いくつか、とっておく。明楽さんにわたしに行くよ。……最期に、海に帰りたがっていたから。遺骨もないから、かわりにこうする」

煌四がそう言って、木彫りの魚を水路へすべりこませた。町の下層へ来るほど、水路の幅はひろくなる。先刻の雨の水を呑んだ水路は、濁った緑青《ろくしょう》の色をして、木でできた魚を泳がせてゆく。潮の流れによって海の水がまじるのか、その水からは懐深い海のにおいがした。

綺羅の手が、木彫りの舟を火穂の手に持たせた。こちらをさしのぞくおもざしに、思わず火穂は、こめかみを張りつめる。いまにも消え入りそうな頬笑みを浮かべたその顔が、人間のものとは思われなかった。まるで……虚空にぽつりとともる、星の明かりのようだ。

さびしげな、けれども超然としたその笑みはすぐ薄れ、綺羅は無言の横顔をこちらへむけて、自分でも魚を一つ、水路の水面へ送り出した。

海のむこうの島に、火狩りの親しい者はいるのだろうか。この小さな遺品たちは、波に乗って、その人たちのもとまでとどくだろうか。

濡れた舗装から、水のにおいが漂う。つめたい湿気が靴を履いた足にからみつき、それはあっというまに火穂の全身へ宿る。アカが見つけたくれはも、もう死んでしまった緋名子も、これと同じにおいをまとっていたのだ。

死者たちを乗せるのに、木彫りの舟や魚の背はいかにもふさわしく思われた。丁寧に波の雄々しいうねりや魚の鱗《うろこ》を彫りこんだ火狩りは、なにを思いながらこのたくさんの細工物を作ったのだろう。

雨でかさをました水路の流れは速く、火穂たちが水へはなつ舟や魚を呑《の》みこみ、くるくると回転させながら海へと連れてゆく。生きて泳いでいるみたいだった。

これが弔いになるのかどうか、わからなかった。緋名子や綺羅の両親のように、共同墓地へ墓を作らなくていいのか。……どのみち、いまさらなにをしようと意味などない。それでも火穂は、鼻の奥がつんと痛くなるのを感じ、泣いてしまう前にあわてて立ちあがった。顔をそむけたので、流れてゆくすべてを見送ることはできなかった。水の音が、耳の中で逆巻いている。

「おい、ここにいたのか」

顔をそむけた視線の先に、ひょろりとたよりない、痩《や》せたすがたがあった。片方だけ残った目が、こちらを見ている。

「照三さん――」

火穂がほうけたように名前を呼ぶと、煌四が立ちあがり、綺羅が顔をふりむけた。

「まったく、なにをやってんだ。仕事すっぽかして、どこに行ったのかわからないって、おふくろがおれのとこまで来て、さんざん探しまわったんだぞ」

綺羅のひざからおりたアカが、路地に立つ照三を見あげてしゃあと毒づいた。不明瞭《ふめいりよう》なまだらの被毛がふくらむ。威嚇する猫を見おろして、照三がいまいましげに顔をしかめる。

「うるせえ、どら猫が。おい煌四、お前な、勝手にどっか連れていくなら、ひと声かけろ。それぐらいわかるだろうがよ」

姿勢の悪い照三ににらまれて、煌四が背すじを伸ばした。

「は、はい」

「はいじゃねえよ。お前、今日こそうちに来いよ。おふくろも火穂のこと心配したんだからな。謝りに来い」

煌四は表情をかたくし、また「はい」と返事をした。

綺羅はスカートのしわを伸ばしながら立ちあがると、笑顔で照三に頭をさげ、火穂と煌四に軽く手をふって貸し長屋のむこうへ走っていった。見れば綺羅のむかう先に、使用人と、黒檀色《こくたんいろ》の長衣《ながぎぬ》すがたの当主が立っている。綺羅にも迎えが来たのだ。

屋敷に、貸し長屋に隠れていたくれはという人も待っているはずだ。綺羅はもとの体を失って生きのびたあの人と、どんな話をするのだろう。くれはは、綺羅の書く文字が読めるのだろうか。

「帰るぞ」

照三が、先に立って歩きだす。後遺症の残る左手をいつもポケットにつっこんで歩くので、ただでさえ猫背の背中はだらしなくかたむいていた。右手にさげた袋には、今日もうまいことを言ってもらってきた料理が入っているのだろう。煌四は綺羅が立ち去るのを見送り、すなおについてきた。

アカはするすると走って、先頭に立つ。長い尾が誇らしげに天にむけて立っている。足音のしない獣のうしろすがたが、火穂たちのことなどふりむきもせずに、入り組んだ路地のむこうへと進んでゆく。

路地のわきに、弱々しい街灯がともりはじめる。

「照三さん、読み書き、もう一度教えて。ちゃんとおぼえるから」

火穂は、照三の左側にならぶ。傷が癒《い》えきらないうちから外へ出る照三の支えになれるよう、こちら側に寄りそって町を歩いたので、そのまま習慣づいてしまったのだ。

「あ？　いいけどよう、わかんねえからって癇癪《かんしやく》起こして、蹴《け》ってくるのやめろよ」

うしろで煌四が苦笑いをもらすので、ふりかえってにらみつけてやった――そのとき。火穂は、先ほど木彫りの舟と魚を流した水路がぼやりと光っているのを見た。さやかな金色は稲光の色と似ている。するするとすばやく、水の中をいくつもの光が動く。

ことんと、心臓がはねた。

夜の海で、火穂たちの乗った小舟へ近づいてきたハカイサナ……その青白く発光する巨体のまわりを、戯れて泳いでいた光る魚の色と、同じだった。水路の中を泳ぐすがたは見えなかった。動きまわる光はやがて流れに沿って海のほうへ移動し、消えていった。

まぼろしとも思える、わずかのあいだの出来事だった。

(迎えに来てくれた……?)

ハカイサナの従者である光る魚たちが、火穂たちの流した遺品を迎えに来た。弔うべき者たちを、水に乗せて海へ連れていってくれる。死者たちを守るハカイサナのもとへ。

……それとも、火穂の願望が見せた、ただの錯覚だったのだろうか。

火穂は流れていったものたち——もう見えないそれをふりきるように前をむく。湿り気をふくんだ、つめたい空気を肺へとりこむ。

弔いは、きっとちゃんとできた。充足感とともに、胸の底へ、どこへむけてよいやらわからない祈りがひしひしと湧いてきて、火穂は体を支えるふりをして、照三の左腕をつかんだ。

アカが足音を立てずに、先頭を行く。家族といっしょに、火穂はこれから家へ帰るのだ。

第六話　渦の祭り

鼻から入りこんだ不吉なにおいが、肺にたまってゆく。それは、死後の腐敗のにおいそのものだ。多くの生き物をかかえているはずの森に満ち満ちているのは、死んだあとのにおいだ。

黒い森の中で、単独でいるのは危険だ——いさなにとっても、爛《らん》にとっても。森のにおいがきらいだった。いや、この腐りはてた甘ったるいにおいを好く者などないだろう。それでも爛は人一倍、このにおいがだめだった。黒い森に立ち入るたびに、ひどい吐き気を催す。めまいがして、平衡感覚を失う。神経が落ちつきをとりもどすまで、いさなとともにしばらく歩きまわらなければ、とてもまともに狩りなどできない。

むいていないのだろう。自分でそう思うし、当然周囲の意見も同様だった。しかし、だれかが鎌を持って森へおもむかなければならないのだ。ほかにだれもいないならば、爛が行くしかないではないか。いさなが、狩り犬がいさえすれば、爛は森を歩ける。炎魔を追える。

そのいさなとはぐれたのだから、状況は絶望的だった。

おまけにここは、いつも狩り場にしている村の付近の森ではなく、はじめて訪れた遠征地だ。棲《す》んでいる炎魔の種類も、棲息《せいそく》場所も把握しきれていない。これからそれをたしかめるはずだったのだ。いっしょに遠征してきた仲間たちと……

仲間、だったのだろうか。ぬけ落ちきらない恐怖がつめたい疲労になって体にたまってゆく。炎魔から隠れるためにのぼった木の幹に背中を押しあてながら、爛は、ため息をもらした。

それぞれにべつの村から合流した四人の火狩り。爛以外は、みな経験を積んだ、腕のよい狩人《かりゆうど》たちだった。徒歩で行き来が可能な距離の村の火狩りどうし、南下して海に近い森で共同の狩りをする。この狩りは、火狩りたちの狩り場の開拓と、たがいの技を磨きあい、やがてはさらに遠方まで行ける遠征隊を組織するための訓練でもあった。

そのような高度な技術と連帯する能力が求められる訓練に、爛のような未熟な者が参加すること自体、異例であったのだ。

爛を見た火狩りたちは、一様に失笑をもらした。まだ子どもではないか、村へもどって、赤子の世話でも焼いていろ。面とむかってそう言われた。そういう反応は覚悟していたから、すべて無視した。ほかの火狩りたちとの力量の差は明らかだ。それでもここまで、食らいついてきた。火狩りたちに自分を認めさせ、彼らの狩りの技を教わらねばならない。

でないと、村は滅びる。

その彼らとはぐれたのは、野営地を炎魔の群れに襲われたためだ。野営地を襲ったのは、群れをなした狼型の炎魔だった。まだ森にひそんで、こちらの痕跡《こんせき》を追っているにちがいない。仲間とはぐれたときには笛で合図を送るか、木の幹にしるしをつけてたがいの存在を知らせあう手筈《てはず》になっていた。が、まだ炎魔の群れが近くにいる状況で、笛で居場所を知らせるのは危険だ。短刀で木にしるしを残そうとして、爛はやめた。

この木の上へ身を隠すまで、かなり周辺を歩きまわった。第一には、いさなを見つけなければと思ったからだが――どこにも、しるしはなかった。仲間たちが死んだとは考えにくい。血痕もなかったし、武器や携行品が落ちていることもなかった。のどを裂かれて狩られた炎魔を一匹、見つけただけだった。

自分は、お払い箱にされたのではないか。疑いはじめると、そうだとしか考えられなくなってきた。

足手まといだったのだ。

実際、野営地を炎魔たちにかこまれたとき、爛は一切役に立つことができなかった。照明はともしていなかったから、目はすぐにきいた。小型の弓に矢をつがえ、おどりかかってくる炎魔のひたいを射た。だがそれは自分にむかってきた炎魔で、仲間のことまで考える余裕などなかった。襲ってきた炎魔の数は、十か十五か。仲間たちのあげた声は、悲鳴だったか怒声だったか。何度か三日月鎌が閃《ひらめ》くのが見え、犬たちと炎魔の吠《ほ》える声を聞きわけられなくなり、せまってくる獣たちから死に物狂いで逃げ、そうして気がつけば、一人はぐれていた。

自分の狩り犬の居場所すら、完全に見失った。このままでは、炎魔に見つからなくとも着実に死んでゆくばかりだ。近くには、木々人の集落もない。

仲間たちは、きっと三人で退路を確保し、群れる炎魔の縄張りからはなれた場所で狩りを再開しているにちがいない。燗がいない隊を組みなおして。……そのほうが安全だろうと、燗はいまになって思う。

十四の小娘が鎌を持って遠征隊に加わることを、そもそもだれもが快く思っていなかったのだ。森のにおいに酔うような、腕力も脚力も満足にない子どもが、鎌をにぎることすら本来まちがいだ——さんざんそう言われた。

それでも。村には火狩りのなり手がいないのだ。だれかが森で火を得てこなければ、首都からの回収車を待つだけでは暮らしはすぐに立ちゆかなくなる。

(あんな死にざまでなかったら……)

村の火狩りとして働いていた者が、あのようなむごたらしい死に方をしなければ、あとを継ぐ者もあったかもしれない。——しかし、いなかったのだ。みなが死をおそれた。無理もない、責められない。だから自分がなると決めた。いま村にいる唯一の成犬であり、狩りに使えるいさなは、燗にいちばんなついてくれていたから。……

ぎちっ、となにかの鳴く声がして、燗は視線だけをそちらへむけた。耳をすませ、こちらに注意をむけている存在がないかを探る。

胸が悪くなった。犬がそばにいなくては、森の中の音も気配もまともに読みとることができない。ここでじっとしていては、食料もじきに尽きる。飢えるか、炎魔に見つかるか。その前に、いさなだけは探し出さなくては。

　爛は自分の気配を殺し、ぬめる木の幹を伝いおりはじめた。――自分が村へもどらなかったら、だれか母の面倒を見る者はあるだろうかと考えながら。


　黒い枝葉に覆われて空はほとんど見えないが、すでに夜だ。延々とつづく木々のつらなりの深みから暗さが這《は》い出して充満してゆく。野営地を襲撃されてから、まる一日がすぎようとしていた。

　爛は野営地だった場所を中心に、円をえがきながら森の中を歩くことにした。円を大きくしてゆけば、いさなを、あるいはいさなの残した痕跡を発見できると踏んだのだ。

　一日あれば、犬は二度と追いつけないほど遠くまで行ける。恐慌をきたして、いさなが遠くまで逃げていることも充分に考えられた。爛と同じで経験が浅く、敏捷《びんしょう》ではあるが臆病《おくびょう》な犬なのだ。木の上でおびえて時間を無駄にしたことが、とてつもなく情けなかった。

　このあたりの地形は、村の近くの森にくらべて起伏が激しい。岩場をよじのぼり、崖《がけ》を迂回《うかい》し、太い木と密集する下生えが隠している急な傾斜を足で探りながら進まねばならない。歩くだけでも、どんどん体力を消耗してゆく。

　海にほど近いはずだが、木々のすきまにそれを見ることはできなかった。たとえ垣間《かいま》見《み》えていたとしても、爛は海を知らないから、そのせいで知覚できていないだけなのかもしれない。

携行用の食料を、一度だけ口にした。乾燥させたイチジクの実だ。緊張のために空腹など感じなかったが、食べずにいて動きが鈍れば、そのぶん死が近くなる。

——爛は、鼻がええの。犬のように。そいじゃから、森で酔うんじゃ。

——いさなは、爛を気に入っとる。この犬を連れて狩りができるのは、爛だけじゃ。

そう言ったときの母は、言葉とは裏腹にせつなそうだった。爛と同じで、森が怖いのだ。昔は、村に火狩りがいなかったという。首都からめぐってくる回収車から、こしらえものと引きかえに火を買いとっていたのだそうだ。いまでも回収車は村へやってきて火を売る。しかし、それはたりないぶんを補うためのわずかな量で、村人は自分たちで火をまかなうものだ。

やわな足裏を持つものが樹皮を這う。トカゲか。夜の鳥がさえずる。虫が朽ちかけた土の下、至るところで蠢《うごめ》いている。

自分といさながもどらなければ、村の者たちは、そろって母を責めるのではないか。あんな小娘に火狩りなど務まるものかと、だからあれほど止めたのに、と。

（いいや……）

逆だ。爛がいなくなれば、きっとだれもが安心する。村から火狩りを輩出することを安心してあきらめ、安いとは言えない報酬と引きかえに、首都の火狩りの出向を要請できる。

腹が立った。自分の無様さが許せなかった。

どちらにしろ、だれかが危険を冒すのだ。黒い森に踏み入って炎魔を狩り、火を手に入れなければ生きられない。だれかが鎌をふるわなければ。先代のような他人の死を見るのはもういやだった。だから爛は、火狩りになったというのに。

この呪いじみた仕組みは——火狩りの王が世を治めているせいだと、そう言う者たちもいる。狩りを好む王が、人々にも炎魔を狩らせるようしむけたのだ、と。

起伏の激しい地形と、枝の先まで一本残らずねじくれた木々が、爛から平衡感覚を奪ってゆく。秋に入りそめるころだが、日のさすことのない森の空気はつめたい。爛は幾度か足をすべらせ、わらじの下でもろい石が崩れて音を立てた。

暗い。夜だ。夜目がきくよう訓練をしてはいても、しょせん人間の目は光源がなくては使いものにならない。耳を、鼻を、皮膚感覚を澄まそうとするが、人間のたよりないそれらをつねに補うのが狩り犬だ。

無理だ。犬なしに単独で、夜の森を生きぬくことなどできない。

ぱきぱきと音がする。自分の足が歩くごとに音を立てているのだと、爛は慄然《りつぜん》としながら気づいた。枝や朽ち葉を踏みつぶして、移動する二本足の存在を周囲に知らしめている。心臓が大きく跳ねるのと同時に、根方から二股《ふたまた》にわかれた木のあいだへすべりこみ、足を止めた。息があがり、発汗している。この体からはきっと、きつく恐怖のにおいが発せられている。炎魔たちは、まもなくそれを嗅《か》ぎつけるにちがいない。いや、すでにこちらの存在を捕捉《ほそく》しているかもしれない……

うつむいてかぶりをふり、怖《お》じ気《け》づいた自分をふりきるためにふたたび足を踏み出した。

夜も昼も暗いこの森は、世界のはてまでつづいているのだという。そんな、はてのない森の中で、犬を見つけられるのか。いさなを連れて帰らなければ。いさなだけは。

ぱき。

枝が折れた。爛の足もとではない。――うしろだ。

ざわりと全身があわ立つと同時に、耳が呼吸音をとらえ、目が背後を探ろうと動く。ふりむく動作は絶望的に遅かった。それでも手は無意識に鎌の柄《つか》をとる。目があう。あかあかと発光する、凶暴な獣がそこに立ち、爛を見ている。被毛の下にあるのは、いかなるやりとりも意味をなさない、ひたむきな殺気だ。

先ほど爛が足を止めた二股の木が、まっ黒な影となって視界を邪魔する。一対、二対、三対。まだいる。狼のすがたをした炎魔の目は、ひしめくようにならんで見えた。野営地を襲ったあの群れだ。火の鎌をかまえながら、爛は死ぬのを悟った。とりかこまれている。ずっとつけられていたのだ。

いならぶ炎魔たちの呼気から、しかし血のにおいはしなかった。野営地にいた者たちは、みな逃げおおせたのだ。犬たちも、いさなも。すくなくともこの炎魔たちには、襲われていない。そのはずだ。そうでなければならない。この獣たちが殺していいのは、自分だけだ。

吐き気にも似た感情が腹からこみあげてきて、気がつくと爛は、大声でさけんでいた。

「かかってこいや、この、犬のなりそこないがっ！」

この距離からでは、単体でも迎えうつのは無理だ。十体以上の炎魔が、全方位から襲ってくる。体のどこから最初に痛みが来るか、爛の神経はほぼそれだけをたどろうとかまえていた。それでも手は、手だけは鎌をにぎっている。すさまじい脚力で走ってくる獣に、ふるうことさえ叶《かな》わないというのに。

そのとき、まぶしい弧が閃《ひらめ》いた。闇の中に、あざやかな金のしぶきがあがる。爛に襲いかかろうとした炎魔たちが、いっせいにべつのなにかへ注意をむける。

地面の近くで光がはぜた。バチバチといばらの棘《とげ》に似た光が地を走り、稲妻の速さで土くれとともに数匹の炎魔を吹き飛ばす。

ギャン、と悲鳴があがった。ふたたび金色の弧が光り、炎魔の体が地に落ちる。燃える目の光が、一つ二つとへってゆく。

形勢が変わっている。爛はとっさに鎌を手ばなし、べつの武器をとった。弓に矢をつがえる。しとめられた炎魔の、血潮のかわりに飛び散る火が一瞬ごとに暗闇をはねかえす。地面で炸裂《さくれつ》した光がまだ残っている。

炎魔を狩るだれかへ飛びかかる獣の動きと、引きしぼった矢の軌道がつながる一瞬を、爛は逃さなかった。矢に撃たれた炎魔が横へ吹き飛び、そのまま地面に落ちる。落ちる前に絶命している。最初の獲物が死ぬ前に、つぎの矢をかまえる。この短時間に、炎魔の数は半数以下にへっている。

だれかが鎌をふるっている。それがだれなのかという疑問は、一切頭をかすめなかった。爛は、ただ矢をはなった。猛《たけ》る炎魔の動きと矢の速さと軌道と、的までの距離。時間と空間の一点へむけて飛ぶ狩りの道具を、はなちつづけた。

金色の軌道が爛と炎魔を結ぶ。

「うしろだ！」

鋭くさけぶ声がした。斜面の上から飛びかかる炎魔のすがたを、ふりかえった爛の目がとらえる。近すぎる。矢ではしとめられない。手ばなした鎌に飛びつこうと地面を蹴《け》った。が——

しくじった。腰にさした短刀をとるべきだった。鎌の刃の上に、息絶えた炎魔の骸《むくろ》が乗っている。鎌を引きぬいてふるう前に、牙《きば》がとどく。

来るはずの痛みに備えるため、爛はとっさに感覚を拡散させた。視界がでたらめに明滅する。自分の体の操り方を、その瞬間爛は忘れ去った。

だめだ。足を食われる。足がだめになっても、手は使える。鎌を引きぬいて、炎魔ののどへふるわなくては——

爛の手が、鎌の柄をにぎって死体の下から引きずり出す。足は？　わからなかった。痛みも恐怖もどこかへはじけ飛んだ。息ができない。炎魔たちの急所から流れ出た金色の体液が土の上へあふれ、どこまでも暗いはずの森を照らし出している。

むかってくる炎魔へむけて、切っ先をふりおろす。爛の手はえがくべき太刀筋すら完全に見失い、鎌の先端は炎魔のひたいを中途半端に割った。頭部に刺さったまま、鎌の切っ先は急所へわずかにとどきそこねる。炎魔が一度大きく暴れて頭部をふるい、その衝撃で爛は、自分が土の上に横ざまにたおれた恰好《かっこう》のままであることを知った。

鎌が爛と炎魔をつないでおり、制御を失った獣の体が痙攣《けいれん》しながら動かなくなってゆくさまを、すべて爛の手へ伝えてきた。生きようとしてあがく獣から、爛の鎌がゆっくりと命を奪いとってゆく。

炎魔がやがて身を投げ出して息絶えるのと同時に、爛はその場にひじをついて、勢いよく嘔吐《おうと》した。

森のにおいが、肺の奥深く沈みこんでくる。こんなに炎魔の血が流れて金の光が満ちているのに、視界は暗くすぼまっていった。起きろ。立たなくては、まだ炎魔がいたら死ぬ。それなのに全身がしびれて、体はまったく言うことを聞かなかった。

「もう大丈夫だ。炎魔はみんな狩った」

背後に、わらじを履いただれかの足音がした。

「危なっかしいなあ」

あきれた声で言いながら、その人は爛に竹筒をさし出した。爛は黙ってうけとり、中身の水をのどを鳴らして飲んだ。まだひたいの内側にめまいの感覚が残り、胸には吐き気がわだかまっている。

移動するあいだに、夜は明けていた。炎魔の群れと戦った場所から、爛をたすけた者に連れられ、ひたすらに歩いて木々のまばらな場所までやってきた。——炎魔の垂れ流す黄金の火ではなく、携行用の小型照明が、せまい範囲に光芒《こうぼう》を投げかけている。

「……その明かり、ともしとって平気なん」

低く問う爛の正面に、腰に鎌をたずさえた者があぐらをかいて座る。

「ああ、まだ感覚がおかしいみたいだな。落ちついたら、ちゃんと食べるものを腹に入れなくちゃ。明かりはいいんだよ、木々人のにおい袋を持ってるからな。このにおいをはなっておけば、炎魔は近よってこない」

そう言って笑うのは、狩り装束に身をつつんだ火狩りだ。白いものの多くなった髪を高くくくりあげ、しなやかに背すじを伸ばしているその火狩りが女であることに、爛はまずおどろいた。性別に関係なく、狩りの才覚がある者が火狩りになるのが当然になってきたとはいえ、実際に女が火狩りになることなどほぼないのだという。爛自身も見たことがないし、だからこそ鎌を持つことを反対された。

火狩りは四十か、ひょっとすると五十にとどく年齢にも見えた。目じりにはしわがならび、おもざしは精悍《せいかん》であっても頬はひび割れた木材のように乾燥している。鎌をふるう最盛期はとうにすぎているはずだった。炎魔の群れを薙《な》ぎはらっていった、あのすさまじい戦いぶりをしたのがこの人物だということが、まのあたりにしてもなお信じがたい。

「流れ者じゃないんでしょう？　なんで一人で、あんなところにいた？」

「……隊を組んで、遠征をしとったんじゃ。あの炎魔どもに襲われて、はぐれた」

なるほど、とうなずきながら、火狩りは重たげな火袋をかたわらに置く。先ほどの炎魔たちからの収穫だ。爛は、火を集めることを思いつきすらしなかった。

ひざをかかえ、そこに顔をうずめる。炎魔に食い裂かれたものと思いこんでいた足は、両方とも無傷だった。ただ、鎌をとるため身を投げたときにひじと脇腹を強く打ちつけ、ひどく痛んだ。骨折はしていないものの、おそらく広範囲が内出血を起こしている。

「犬は？」

火狩りが問う。爛は、ゆるゆるとかぶりをふった。だが、そう問うた火狩りのそばにも、命をあずける獣のすがたはない。

「そっちこそ、犬、おらんのとちがうか」

すると火狩りが勢いよく吹き出し、大きな口を開けて笑いだした。

「口の悪い子どもだな。目つきも悪い。ああ、そうだよ。あたしには犬がいない。はぐれたんじゃなく、連れていないんだ」

「火狩り……なんじゃろ」

うん、と相手は、まるで子どものようにうけこたえる。手にしたものを、懐からとり出した布で拭《ぬぐ》ってゆく。燗が炎魔たちへはなった矢だ。火といっしょに、回収してきたのだろうか。

「なら、犬がおらんと……」

犬なしには、狩人《かりゅうど》は務まらない。しかし火狩りは泰然とした顔で、血脂を拭った矢の束を燗にさし出した。

「前はいたんだ。二匹も狩り犬を持っていた。だけどどちらも寿命を迎えて、そのあとは、犬を連れるのをやめた。あんたの犬は、仲間といっしょにいるの？」

燗は矢をうけとりながら、ほとんど火狩りをにらみつけた。深い色合いをしたとび色の目が、ささやかな照明をうけて光っている。

「わからん。──いや、いさながあいつらについていくはずがない。縄で引かれてでも行かんかぎり。連れもどさんとならんのじゃ。見つけて、連れて帰らんと。いさなは、母ちゃんのだいじにしとった犬の、忘れ形見なんじゃ」

「あんたの母さんも火狩りなの」

相手の余裕をふくんだ声音に腹が立って、荒く首をふった。打ちつけたひじと脇腹が熱を持っている。

「ちがうわ！　そうそう簡単に、火狩りになんかなれるか！　村におった先代は、炎魔に顔の半分食われて、片腕をぼろ布みたいにして、瀕死《ひんし》で村に帰ってきよった。夏じゃったから、森から帰ったときにはもう蛆《うじ》の湧いとって、手当てをしたのに最期は別人みたいになって、獣みたいな声で吠《ほ》えながら死んだ。炎魔の乗りうつったようじゃとみんなから言われて、忌まわしいと言われて……そんなもんに、だれでもほいほいとなってたまるか」

気がたかぶって立ちあがる爛を、火狩りは笑みを隠した顔で見つめる。眼光は思いがけず、ひやりとするほど鋭利だった。

「なってるじゃないか」

爛は、くちびるを噛《か》む。矢の束をにぎる手がふるえた。自分は、なにか大きなものの前にいる──そんな感覚が体の芯《しん》をつらぬいた。

「いい腕をしてる。この形の道具をあそこまで使いこなしている火狩りを、はじめて見た。それを作ったやつに、いいみやげ話をしてやれる」

そうして火狩りは、爛に座るよううながした。

「休んで、体を回復させなくちゃ。犬を探すんだろう。きっと犬のほうでも、あんたのことを探している。とちゅうで動けなくなるとまずいぞ」

おとなしくふたたびひざを折る爛へ、火狩りは干した肉をさし出した。

「……昔はな、狩りの道具は、鎌しかなかったんだ。常花姫という神族の一人が、自ら人体発火を起こしながら鍛えた鎌。あんたの持ってるのは、神族の作ったものじゃない。首都の鍛冶《かじ》場で、雷火を使って鍛えたものだ。以前よりも火狩りの数をふやす必要があって、鎌だけじゃなく、狩人それぞれの特性にあわせた武器を作ることになった。かつては弓矢なんて補助道具でしかなかったけど、この金の矢じりは、確実に炎魔を絶命させられるんだ。あたしも以前は鎌だけで狩りをしていたけど、もう体がついてこない。さっき地面で炸裂《さくれつ》させたのも、雷火を応用した狩りの道具だ」

火狩りはそう言って、隠しから銀色の球体をとり出してみせる。あの地を駆ける閃光《せんこう》は、そうか、雷火だったのか。燗はあらためて息を呑《の》む。ほんものの雷火など、生きているあいだに見ることがあるとは思っていなかった。

「……その先代というのは、あんたの親だったのか？」

小さな照明をうけた火狩りの目は、どこまでも静かだ。燗はその目に見つめられていることに耐えられず、きつく歯噛みした。

「ちがう。けど、親でないと、だいじに思うたらいかんのか。血がつながっとらんといかんのか。くだらん」

するると火狩りは、弱く笑った。

「いや、そんなことはない。ごめん。それにしても、ほんとにお前、口が悪いな」

燗は、口をとがらせて下をむいた。

「……母ちゃんが、はっきりとものをよう言わんのじゃもん。目がよう見えんくせして、こまっとっても、もごもごもごもごしゃべりよるから、まわりにきちんと伝わらん。しまいにゃ、黙ってすみっこにおるから、だれも気づかん。わたしがかわりに言うてやらんと、なんにもできよらん」

「お前の村では、なにを作ってるんだ？」

「紙」

　ふと、空気が重みをました。視線をあげると、火狩りがおどろいた顔でこちらを見、黙りこんでいる。いや、言葉を失っているようだった。時間のとぎれたような沈黙のあと、火狩りは明るい色の目を大きく見開いて、燗のほうへわずかに身を乗り出した。

「……灯子の子なの？」

「え」

　なぜ名前を知っているのだろう。燗もこの火狩りも、たがいにまだ名のりあってさえいないというのに。

　火狩りは突然上をむき、なにかへささやきかけるようにくちびるを動かすと、やがて大きな声を立てて笑った。森の中で笑い声をはじけさせる火狩りに、燗はあぜんとするばかりだ。笑うのにあわせて肩の上でくせのある髪がおどる。火狩りはひとしきり感情を発散させると、とび色の目をこちらへむけた。

「じゃあ、そのいさなっていう犬は、かなたの子孫なんだな」

「な、なんで？　なんで知っとるん」

　かなたは、いさなの三世代前の犬だ。狩り犬を引退した老犬で、火狩りでもない母のそばを片時もはなれずにいた。燗は赤ん坊のころ、かなたに子守りをされて育ったのだと何度も聞かされた。いさなはそのかなたの、とがった耳と灰色の被毛、深い色の目をうけついでいる。

笑いの発作がおさまっても、火狩りはこぶしで押さえた口もとに、まだくっきりと笑みを浮かべたままでいた。

「よく知ってる。あんたの母さんは、あたしに王位をゆずってくれた人だよ」

「王位、て――」

「火狩りの王。炎魔を狩る者たちのてっぺんで、人々を治める立場にいる――ってことになっている。まあ、あたしなんかただのお飾りで、実務をこなしてくれてるのは、首都にいる仲間たちなんだけど」

火狩りの王。目の前のこの人が？　まさか。

燗のおどろきをよそに、火狩りは笑いのために浮かんだのだろう涙を指で拭った。

「一応、まだ仕事をしてるからな。だれかが死ねば、それは全部あたしの責任だ。だけど、じゃあなにをして償えばいい？　あたしの命なんて、いくつあったって全然償うのにたりないんだ。もっと人々の安全を確保するための制度を整えるには、まだまだ時間がかかる。あたしは、犬と同じで目先のことしか考えられないから、いますぐ動けることを生きてるうちにやっておくことに決めた。こっちへ来たのも、仕事なんだ。このあたりに、大物が出ると聞いたから」

「……大物？」

展開される話にまるでついてゆけない燗は、ほとんど機械的に問うていた。そんな話は、遠征隊の火狩りたちからは聞いていない。爛のむかいに座る火狩りのおもざしは気さくだが、やはりその眼光は、寒気がするほどの鋭さをたたえていた。

「突然変異の炎魔が出るという。狩っておかないと、厄介だ」


夜明けまでは、まだ数時間あった。

黒い森の中を、爛は火狩りに——本人の言葉を信じるならば火狩りの王に、導かれるまま歩いている。照明は消していた。歩くうちにしだいに感覚がもどり、爛の鼻は、火狩りから木々人の苦い体臭と、かすかな機械油のにおいがするのを嗅《か》ぎわけた。

火狩りの名は、明楽といった。明楽がほんとうに火狩りの王であるならば、工場地帯をかかえる首都から来たはずだ。

かつてこの国を治めていた神族と呼ばれる集団にかわり、人々の上に立つ者が火狩りの王だ。旧世界の火を核に秘めた千年彗星を狩り、その力を手に入れた者。神族の力で炎魔の森から守られていた人間の暮らす領域を、いまは雷火を使った異なる方法でたもっている者。

だがそのような地位にある者が、単独でこんな場所まで狩りにおもむくとは信じがたい。なにより明楽が犬を連れていないことが、爛にはいっそう不審に感じられた。

森は密集した枝葉で夜空を覆い隠して、いよいよ暗い。

明楽は、このあたりの森に出る〝大物〟を、これから狩るという。その狩りについてこいと、爛に言ったのだ。狩りのあと、いっしょにいさなを探してやると。

「足音を立てるな」

低めた声で明楽が言う。決してふりかえらずに前を行く足どりは、まったく老いを感じさせないものだった。小柄さと若さのために足の運びの軽さにだけは自信のある爛よりも、よっぽどしなやかに速く進んでゆく。傾斜のきつい坂をのぼる。すぐ右手にあらわになった壁のような岩肌を、ちょろちょろと水が流れ落ちてゆく。

「なんで……」

足裏をつめたい土へなじませて音を消しながら、爛は小声で尋ねた。

「なんで母ちゃんは、火狩りにならんかったん」

かなたは、恩義のある人たちからゆずりうけた犬だったと聞かされている。かなたも若いころは、火狩りと行動をともにする狩り犬だったのだと。

「村に生まれた子どもが火狩りを志すことがなかったんだよ、昔は。それでも……なりゆきだったけど、灯子は何度も鎌をふるった。落獣《らくじゅう》をしとめたことさえあるんだ」

「は？　落獣？」

思わず、ぽかんと口を開けた。やはりこの大人は、自分をからかっているのだろうか。落獣は首都よりもさらに北方の山岳地帯に棲息《せいそく》する特殊な獣で、並の狩人《かりゅうど》の腕ではかすり傷一つおわせることもできないと聞く。それを、あの見えない目をいつもふせ、ほうっておけば一日にひと声も発さず片すみですごしているような母が、しとめた？

「灯子のおかげで火狩りの王になったけれど、どれだけの失敗をしてきたか。自分の決めたことのせいで、人がたすかったり死んだりするんだ。何度も発狂するんじゃないかと思った。神族くらいに常軌を逸した連中でなきゃ、とても務まらないと思ったよ」

明楽は、ほのかな笑みをふくんだ声で語った。自分の記憶を、森の闇へかえしてゆくかのようだった。

「森へ入るたびに、首都へ帰るのがおそろしくてたまらなかった。大勢の人間の命をあずかるなんて、いくらあたしみたいなばかでも、ずっとは耐えられない。でも、脚の悪かった狩り犬の一匹が、いつも首都で待っていたから。その犬が自分の寿命の限り、最後までつなぎとめてくれていた」

犬はもういないのだと言っていた。留守をしていたというその犬も、すでに死んだのか。

「でも、そろそろ引退時だ。いまは後継者にすこしずつ仕事を委譲しているところ。——で、自分の仕事のしあげに、ああいう危険な炎魔を狩る」

言いおえたときには、明楽はすでに鎌を手にしていた。

前方が低い断崖《だんがい》になっているのが、手前とむこうの木の高低差から読みとれる。爛たちは断崖の上におり、どうやら獲物は、下に潜んでいるらしかった。

明楽が、爛に断崖の下を見るようしめす。枝葉がのたくっている空間をさしのぞくと、爛の首すじの産毛が、ぞわっと逆立った。

暗闇とはっきり見わけがつくほどの漆黒が、そこにいた。大きい。黒々とした剛毛に覆われた背中の、四つ脚の獣だ。密生する木々を邪魔そうにしながら、その背後に長い尾がくねっている。山猫か、もしくは猿型の炎魔だろうか？　どちらにせよ、桁外《けたはず》れの巨体だ。

　あんな獣は見たことがない。こちらの気配を探っているのか、炎魔の背中からは憤怒《ふんぬ》にも似た激しい気配が発せられていた。まるで、巨大化した落獣だ。実際の落獣を見たことはないが、本能がそう警告した。

　突然変異。冷や汗が頰を伝い、爛は自分でその感触に肝をひやした。

　明楽が爛の肩をつつき、弓を指さし、そして指先を足もとの地面にむけた。ここにいて、弓矢で射ろと言っているのだ——すぐ下にいる、あの炎魔を。爛はあわてて、かぶりをふろうとした。爛の使う弓矢は小型で、あの巨体を確実にしとめるだけの威力がたりない。しかし明楽は、目じりを引きつらせる爛にぐっと顔を寄せ、笑った。暗くて表情はまともに見てとれないのに、たしかに笑ったのだ。

「援護しろ」

　言うなり火狩りは、崖《がけ》のふちから身をおどらせた。同時に隠しからつかみとった球体を、地面に投げる。着地より早く、あの鋭い光のつらなりが炎魔の足もとに炸裂《さくれつ》する。上から来た気配と、地面で暴れる金の稲妻に炎魔は混乱を起こし、いらだたしげに身をくねらせて吠《ほ》えた。

低い咆哮《ほうこう》が、爛の心臓をびりびりとふるわせる。

明楽はひざで衝撃を緩和しながら、炎魔の真正面へ着地した。同じ高さに立つと、炎魔の巨大さがいよいよ際立つ。しかし明楽は武器をかまえて、ためらわず炎魔に斬りかかってゆく。

弓を肩からはずし、背中の矢筒に伸ばそうとした手が、矢羽根にふれてすべった。汗だ。

爛は息をつめ、狼狽《ろうばい》を腹の底に抑えこもうとする。突然変異を起こした炎魔がすぐそこにいるなど、化け物をまのあたりにしてなお信じられなかった。信じられなかったが、とにかくここでしくじれば死ぬ。それだけはいやというほどわかる。

炎魔の動きが、夜気をかき乱す。まっすぐにむかってくる明楽を身をひねってかわすと、炎魔は前脚を伸ばして二本足の邪魔者を殴打しようとした。脚の先に長い爪が生えているのが、断崖の上からでもはっきりと見えた。

明楽は土の上を転がって爪をかわし、起きあがりざまにさらに球体を投げた。ふたたび炎魔の足もとで、稲妻が棘《とげ》をつき立てる。まぶしさに怒り狂って吠え猛《たけ》る炎魔の被毛を、明楽がつかんだ。そのまま火狩りは、炎魔の背中へ自分の身を持ちあげる。頸骨《けいこつ》へ鎌をつき立てるつもりだ。暴れる炎魔の被毛を背景にして、金の三日月が鋭く閃《ひらめ》いた。

援護しろと言われながら、爛はなにもできずに見ているばかりだ。手にじっとりと汗がにじむ。じきに、この狩りはおわる。

しかし爛は、かわききったのどの奥で呼吸を止めた。

どん、と鈍い音が耳にとどくと同時に、明楽のすがたが消えていた。あわてて火狩りを探そうと視線を動かす。弓に沿わせた矢が、動揺でほんのかすかな音を立てた。周囲の空気がいっせいに、爛へ圧をかける。

目が。炎魔の目が、こちらを見ている。長い尾が獣の背中の上でうなりを立ててしなり、爛を挑発した。

「あ……」

あの尾が、背中に乗った明楽を打ったにちがいない。ならば火狩りは獣の背から落ち、どこか近くにいるはずだ。

爛は崖下にいる炎魔へ、矢をはなった。体勢も整えないままで、威力の弱い矢は獣の耳もとをかすめて落ちた。

「こっちじゃ……こっちに来い！」

爛のさけび声にこたえるように、炎魔が牙《きば》をのぞかせてうなった。

右手がつぎの矢を探る。同時にはねるように身をひるがえした。背後の木立へむかって走る。後方から、朽葉と土くれが飛散してきて背中を打った。いましがた爛のいたまさにその場所に、ひと息に地面の落差を飛びこえ、巨大な炎魔が立っていた。

恐怖がのどをふさぐ。

炎魔は、山猫に似ていた。だが大きさが桁外れだ。そして漆黒に見えたその被毛は、腹の下から幾すじものひび割れをのぞかせていた。体の表面を走る亀裂《きれつ》の下から、赤い光が見えている。血液ではない。炎魔の血は黒いのだ。あれは——火だ。明楽がはなった雷火による傷なのか、それとももともとこの炎魔が体に持っていた亀裂なのか、爛に見わけはつかないし、それを見きわめる余裕などない。

走りながらふりかえり、真正面から矢を射た。とどかない。とどかなくてもいい。爛はおびえきった自分につぎの動作を思い出させるため、弓弦《ゆづる》を鳴らしたのだ。

横へ走る。引きしぼった矢で、今度は目をねらう。

明楽から引きはなし、ここで可能な限り傷をおわせる。明楽は、けがをしているかもしれない。あの人を死なせてはならない。なぜかその思いが腹部をつきあげ、全身を支配した。

空気をつらぬいて飛んだ矢を、炎魔の尾がはじいた。大蛇のようにしなる尾の美しい曲線が見え、つぎの瞬間、爛は上下の感覚を失った。

こぶのある木の幹に背中を打ちつけ、同時に腐った土へ顔面をつっこむ。尾に足を引っかけられたのだ。体が動くことを拒む。目がくらんだ。顔をかたむけると視界いっぱいに、上下に開いた炎魔のおとがいがあった。口の中には、大小さまざまの牙が乱立している。

口の中へ矢を射れば。だめだ。全身がしびれて、手のありかがわからない。折れているのかもしれない。なにより——もう、まにあわない。

食われる。

目を閉じることも叶《かな》わず、せまってくる牙と舌、上あごにびっしりならぶ凹凸を見ていた。

が、爛の鼻先すれすれで、炎魔のあごは突如咬《か》みあわさった。熱いよだれがまともに顔へ降りかかる。地響きじみたうなり声をあげ、鼻面にしわを刻んだ炎魔は、爛ではないなにかに敵意を転じた。

犬の声がした。

炎魔の巨大な頭部がむこうをむく。殺気立った犬の気配に導かれて、爛は上体を起こす。眼前で闇のかたまりが蠢《うごめ》いている。赤くぎらつく腹の亀裂が、でたらめにうねる。

炎魔の首すじに、いさなが食らいついていた。巨体をふるって炎魔が暴れ、体が完全に宙に浮いても、犬は決して牙をはなさない。

土の上に弓が落ちている。とり落とした武器へ手を伸ばし、爛は起きあがった。立ちあがる寸前、頭の上を炎魔の尾がかすめた。強靱《きょうじん》な尾に薙《な》ぎはらわれて、空気が鋭く振動する。

「動くな!」

前へ出ようとする爛の足を、張りのある声が止めた。上だ。枝の上から、狩る者がおどりかかる。病みはてた森の枝葉が覆っているはずの天に、狂いのない三日月が閃き、

「退《ひ》け、いさな!」

爛の犬へ命じる声とともに、その三日月はあざやかな弧をえがいて炎魔の後頭部へふりおろされた。明楽だった。

頭部の傷口から、金色の液体が噴き出す。それでも炎魔はまだ絶命しなかった。ぎらつく目の光をいっそう凶暴にし、咆哮しながらあと脚で立とうとする。明楽の手が、炎魔の首すじの被毛をわしづかみにした。

噴きあがる炎魔の火に照らされて、明楽の顔が浮かびあがる。——その顔がとても楽しそうに見えて、爛は胃の腑《ふ》がひえるのを感じた。あの人は、森に親しみすぎているのだ。まるで黒い森と一体になったかのように、炎魔を狩って、自分の糧にしている。獰《どう》猛《もう》な獣の一匹のように。

明楽は炎魔の背中にしがみついたまま、ふたたび鎌をふるおうとする。だが暴れまわる炎魔は、鎌の軌道をさだめさせない。

爛は炎魔の尾をよけて吠えまわるいさなを視界のはしにみとめながら、弦を引きしぼってねらいをさだめた。金の矢じりの先端と、獲物の急所とが一つの線でつながる、その瞬間が爛に訪れる。ひゅ、と空気が澄む。はなった矢は吸いこまれるように飛び、炎魔のひたいを射た。

悲痛な鳴き声をあげて、炎魔がたおれる。頭部から大量の火を垂れ流し、しかしなお口を開けておとがいにならぶ牙を誇示しながら、四つ脚で土をかいて森の腐臭をかきまわした。腹部に走る亀裂の赤い光を徐々に弱めて、炎魔はやっと絶命した。

むごたらしかった。炎魔というものは、火狩りに急所を斬られれば即座に死ぬものだ。的確にしとめれば、苦しむことなどない。まるでこちらへ身をささげるようにして死ぬのに。爛のような未熟者がうまくしとめそこねでもしない限り、いともおだやかに絶命するのに――こんな悲愴な断末魔を、爛は見たことがなかった。

頬に熱いものがふれる。いさなの舌だ。気づかないままに、爛はへたりこんでしまっていた。まだ幼さの残る狩り犬が、狂ったように尾をふりながら爛の顔をなめまわす。

「いい犬だな。かなたにそっくりだ」

火袋をいっぱいにした明楽がこちらへ来て、いさなの頭をなでまわした。ひくっと、爛は忘れていた息を吸い、下をむいて、なぜかこみあげてきた涙をぱたぱたとひざにこぼした。

ザン、ザン、と音がくりかえす。

いま腰をおろしているのは、黒い森のはての、その先だ。ねじくれた木々がとぎれ、頭上にはぽっかりと空が開けている。夜明けの近い鈍色《にびいろ》の空の下、爛たちはなめらかで大きな岩の上にいた。

岩のむこうは、なにもなかった。……いや、目路の限りどこまでも、たたえられた水がある。川のように流れるでも、泉のように湧き出るでもない。圧倒的な質量の水が、水ばかりがはてしなくたたえられている。

海なのだと、明楽が言った。

「海……」

はじめて見た。こんなものがこの世に実在するのだということが、爛にはうまく信じられない。

いさなはどこにもけがをしておらず、始終うれしそうに尾をふっていた。爛が干し肉をあたえると、飲みこむ勢いでたいらげた。もうどこか遠くへ行ってしまったかと思っていた狩り犬は、爛のことを探していたのだ。汚れた被毛を、爛はくりかえしなでつけた。灰色の被毛はかなたゆずりだが、尾はくるりとまるく輪をえがきかけている。

爛にも明楽にも、たいしたけがはなかった。ただどちらも髪はみごとに乱れ、顔中をまっ黒にしていた。森の中よりはるかに視界のきく場所へ出るなり、明楽は爛の髪をなでまわして笑った。そのあと、水筒の水で爛の顔を洗い、ねばる土のこびりついた髪をまとめなおしてくれた。爛はいま見ている海と、先ほどたおした炎魔のすがたにまだ呆《ぼう》然《ぜん》としていて、世話を焼かれてもなんの反応もできなかった。

「……ずっと、こんな世の中なんか」

明楽が爛にも食べろと携行食をさし出したとき、爛は海原のにおいにむせながらそうつぶやいた。明楽の表情が動くのをやめる。

「死にかけながら、殺して殺して……この先、ずっとこうして生きていくんか。なんでじゃ。王さまが、火狩りの王が、狩りを好きなからか。そのせいで、危ない森ん中へ刃物じゃ飛び道具じゃ持って入って、殺しつづけんとならんのか。なんで……」

言葉はとちゅうで、爛の舌先からこぼれて落ちた。うなだれた爛の顔を、いさながのぞきこもうとする。

「ほかの方法が、いまはない。人体発火を無効にする方法というのもあったけど、すくなくともそれは、すべての者を救うものではなかった。病原体は星の全土へ平等に行きわたったのにな」

落ちついた声で語る明楽が、おそろしかった。

「あたしにできたのは、神族たちから人間の手へ主導権を移させること、人間がその力を手ばなさずにすむようにすることだけだった。それだって、まわりにたすけられてぎりぎりやってきたにすぎない。火狩りの王がべつの者であれば、あるいは神族が統治するままであれば、世界はまたちがっていたんだろう。死なずにすんだ者もいた。生きてはいられない者もいた。人間が維持する世界も、森と変わらない……混沌《こんとん》だ」

海が揺れている。あんなにどこまでもひろがる水が、風にそよぐ森の樹冠のように、はてしなく揺らぎをくりかえしている。

「つぎにこの仕事を引きつぐのは、人間でも神族でもない。〈蜘蛛《くも》〉の一人だった者――人体発火無効の方法を手ばなした者だ。首都でたくさんのことを学んで、あたしなんかよりも、ずっとものを考える力がある。この先は……」

そのとき、いさながぴくりと顔をあげた。鼻と耳と目を、海原のどこか一点へむける。

朝日が顔を出すわずか前の、深い灰色の水面に、白いあぶくの花が咲くのを、爛は見た。螺旋《らせん》をえがきながら、泡の花はその数をふやしてゆく。暗い海面に、いくつもの渦が生まれ、回転する。何者かの巨大な手がえがいたかのような紋様が、生きて動いている。

爛は自然と、立ちあがって身を乗り出していた。

なだらかにひろがる海面が、突如として隆起した。莫大《ばくだい》な量の水が持ちあがってすべり落ち、その音を朝まだきの空気に深々と響かせる。白い泡の模様をかき消して、水中から黒いなにかが浮上した。いさながそれにむかって、尾をふりながらさかんに吠《ほ》えたてた。

水をまとった、それは岩かなにかかと思われた。表面には得体の知れない、星のような形の斑点《はんてん》がこびりついている。浮上してくるものは、一つではなかった。二つ、三つ、四つ……おどりあがる影が六つまでふえたとき、爛はようやく、それが生き物だということに気がついた。

魚ではない。翼のようなひれがあり、ぱくりと割れた口があり、そして目がある。巨大な生き物の目は、炎魔とも狩り犬ともちがった。人の目に、それは似ていた。おそろしく年ふった、遠々しい言葉を秘めた者の瞳《ひとみ》だ。

なめらかな翼の形をしたひれが高らかに水を打ち、細かなしぶきの花を散らせる。

揺れて砕け、とほうもない波を生む水面から風が立ち、明楽の髪をそよがせた。白いものの多くなった明楽の髪は、色褪《いろあ》せてもなおあざやかな赤い色をしていた。

渦が千々に乱れ、さらに極小の渦が生じてまわりつづける。

「鯨たちだ。狩りをしながら、これから遠くへ行くんだな」

舞うように大気中へ半身を現してはもぐってゆく生き物たちを見やりながら、明楽が言った。その声は走っても走っても飽きたらぬ子どものようで、明楽に対して爛の感じていたおそろしさは、砂のように耳からこぼれていった。

「鯨……？」

さやさやと、ごく細やかな水滴が爛の顔にかかる。海から飛んできたしぶきは、黒い森のにおいとちがって、塩気をふくんでいた。いさなが鯨たちの生んだ渦にむかって吠え、うれしそうにその場でくるくるとまわる。見たこともない光景に、興奮しきっている。あるいは、爛にはわからない挨拶《あいさつ》を送っているのかもしれなかった。

「あれは、炎魔とちがうん……？」

「ちがうよ。海の中に棲《す》む、旧世界から同じすがたをたもっている生き物だ」

爛は足を一歩、いさなのほうへ寄せた。すでに鯨たちのすがたは水中に消えて、海面には白い泡の花が幾重にも咲いては数えきれない渦をえがいているのだった。

(生き物が、おるんじゃ。森の外側に、あんなに)

狩りをし、遠くへ行くという生き物たちが。——旧世界から変わらないという生き物が。

黒い森のはては、世界のおわりではないのだ。

いさなが自分の鼻をぺろりとなめ、舌を出して笑ったような顔を燗にむけた。

「この先は、さらにまた変わっていく。だれもが鎌を持たなくともいいようになるのかもしれないし、その逆かもしれない――完全に滅びるのでない限り、世界は変わりつづけるんだ」

明楽が、収穫で満たした二つの火袋を肩に担ぎ、立ちあがった。

「行こうか」

にこやかに言う火狩りに、燗は目をしばたたく。

「ど、どこへ？」

「犬は見つかったけれど、仲間とはぐれたんだろう？　大物を狩った近くの木につけられていた目じるしが、こっちをしめしていた。それで来てみたんだけど、もう移動したあとみたいだな。ほかの仲間を見つけて、そのあとは、あんたの村までいっしょに行くよ」

燗は、いっそう目を見開く。木の幹に残された目じるしなど、気づいてもいなかった。遠征隊の連中は、燗をお払い箱にしたものだとばかり思っていたのに……

いさなが尾をふりながら、二人の火狩りを交互に見あげる。

「村に……って、なにをしに？」

明楽は歩きだしながら、軽く笑った。

「灯子に会いに。燗を危険な目に遭わせたことも、謝らないとな」

なんのためらいもなく、黒い森へむかってゆく。炎魔たちが生き死にをくりかえす、不穏な森へ。その足どりの軽さが、なぜか無性にくやしかった。

「謝る、て……おばちゃん、かんちがいすんな。わたしは、自分の仕事をしただけじゃ。それにな、母ちゃんは、はっきりとしゃべりよらんが、怒らすと怖いぞ」

「知ってるよ」

背中越しの明楽の声が、なつかしそうな響きを帯びた。

足を踏み出せずにいる燗にむかって、いさながひと声吠えた。若い狩り犬のつややかな目は、迷いなくこちらを見あげている。進もう。いさながそう呼びかけている。燗は自分の狩り犬にうなずき、弓束《ゆづか》をにぎって明楽のあとにつづいた。

生きる者たちの気配が、背後にもあった。だれかのつきせぬ歌声のように、波音が響く。

いびつな森へ、いさなとともに踏み入りながら、燗はもう一度海をふりかえる。そしてあの鯨たちの、狩りと旅の無事を祈った。

旧世界――〈四〉

餌もないのに、犬はいつまでも〈子ども〉のそばをはなれなかった。

空気がひえて、死に絶えた都市の上に夜が訪れた。幾度めの夜なのか、もう数えるのはやめた。昼夜のめぐりも、死者の数も、ここへ至るまでについやした日数も。この天体にあとどれほどの生者が残り、そしてそのすべてが息絶えるまでにどれほどの時間がかかるのかも――

数えることに、とうに疲れはてていた。

そびえる建物群はどれもが崩れかけてかたむき、その上を灰色に朱色に濃紺に色彩を移ろわせながら雲がよぎってゆく。どの建物もいつ崩れ落ちるとも知れず、中へ入るのはためらわれたので、野ざらしのままにすごした。それでも、巨大な建物が倒壊すれば、中にいようと外にいようと同じことではあるのかもしれなかったが。

かさかさと、割れた舗装の上を虫たちが這《は》ってゆく。人のすがたが消えたあと、地を這う虫やネズミは、埃《ほこり》まみれの瓦礫《がれき》の上を勢いづいて歩きまわりだした。この星の主《あるじ》がだれであったのかを、やっと思い出したかのように。

〈子ども〉はとなりにいる犬の体をなでた。今夜はひときわひえるようだ。肋骨《ろっこつ》どころか背骨まで浮きあがらせて痩《や》せている犬と、すこしでも身を寄せあおうとした。

上空で風が鳴く。嗅《か》いだことのないにおいが鼻をくすぐり、それは見たこともないだれかの、花柄の装束のにおいだと、なぜか〈子ども〉はそう感じた。たったいま、どこか遠くで息を引きとっただれかのにおいだと。

あらゆる場所が、死者でいっぱいになってゆく。風に乗ってくるのは死者たちの、これから死にゆく者たちのにおいだ。

まっ暗になる。

〈子ども〉はなにも見えないので、歌をうたった。病と飢餓状態が燃えかす程度の体力を刻一刻ととろかしていったが、あごをあげ、雲が蓋《ふた》をする空へむけてうたった。

声はか細くかすれて、聞く者は犬のほかにいない。

それは〈子ども〉の故郷の、雨期の夜の歌だった。雨が降りこめるまっ暗な夜に、温かな火をともしてちょうだいとうたう歌だ。

火をともすことなど、もうだれにもできない。

歌声が最後の体力をよどんだ空気へ解きはなってゆき、意識が青黒く縁どられていった。

と——火をともしてとうたう小さな声に感応するかのように——空にほろほろと、銀の光が現れだした。雲が風に流されて、都市の上を退いたのだった。

星だ。

さやさやと揺らめく星が、空を満たしている。光が息をしているのが感ぜられるようだった。決して手のとどかない星明かりが、虚空にひしめいている。

犬が〈子ども〉と同じく天へ鼻をむけて、細く鳴いた。

虫たちが這いまわるほか、地上には生き物の気配はなく、天ばかりが星でにぎわっている。

さんざめく星の光が、一つ、また一つと、かすれていった。〈子ども〉の目から、見る力が失われてゆく。犬の鼓動がすこしずつ弱まってゆくのが、てのひら越しに感じとれた。

それでも天には、地上で起きた出来事など数にも入らぬほどの星々があふれ、息づいている。

そのことを〈子ども〉は、知っていた。

解説

池《いけ》澤《ざわ》春《はる》菜《な》

息を詰めるようにして、4冊読み切った。

『火狩りの王』、春ノ火、影ノ火、牙ノ火、星ノ火。登場人物の誰もが痛みを抱え、大きな力に翻弄《ほんろう》されながら、一歩一歩、自分の守るもののために、信じるもののために、より良い未来のために、進んでいった。

そこには魔法のような解決策も、ピンチで見いだす逆転の力も、天から降ってくる助けもなかった。全てを牛耳る悪の親玉などいない。世界がドラスティックに良くなるような解決策などない。救世主もヒーローも天才もいない。

そう、びっくりするほど、何もなかった。

そこにいたのは、普通の人たちだった。

一つの嘘も、ごまかしも、ご都合主義もない、真摯《しんし》な戦いだった。

きっと登場人物たちの痛みと苦しみを作者の日向理恵子《ひなたりえこ》さんもまた全て感じ、傍らに寄り添って歩んでいたんだと思う。もしかしたら登場人物たちよりも辛《つら》かったかもしれない。だって作者には、あるキャラクターが希望を信じて進んでいたとしても、その先がないことがわかっているから。どれだけ止めたい、その道を歩んで欲しくない、と思っていても、作家は物語の運び手。最後まで書き切るしかない。

そうして大きな波のようにあらゆる人を呑《の》み込みながら進んでいった物語。でも、波に終わりがないように、物語にも終わりはない。わたしたちは動き続ける波の、ある一瞬を切り取って見ていただけだ。

あの凄《すさ》まじく大きく、そして美しかった波。その波が残したうねりや余波、置いていったもの、変わってしまった砂浜の形……そういったその後の波を描いたのが、この短編集『〈外伝〉野ノ日々』になる。


本編を振り返りながら、一つ一つの短編について触れていこうと思う。

「第一話　光る虫」。家族を亡くし、唯一残された祖父も失った天涯孤独の少年七朱《ななしゅ》。誰もが追い詰められ、他人への優しさなどすり切れてしまった村で唯一「死にぞこない」の七朱を気にかけてくれるのはほたるだけだった。

ほたるは旅のはじめで、灯子《とうこ》とともに回収車に乗っていた厄払いの花嫁の1人だ。生まれ育った陶物《すえもの》の村の陶土がおかしくなり、占いで機織りの村へとやられた。回収車が惨事に見舞われる前に降りたので、灯子や火穂《かほ》、紅緒《べにお》がその後どうなったか、世界の変容に灯子がどんな役割を果たしたか、ほたるはまだ知らない。

ほたるの他者を慈しみ、癒やそうとする姿勢、おっとりとしなやかで、でも芯《しん》の強い姿は、いつも灯子たちを包み込んでくれた。この短編の中でも、行き場のない七朱、深い深い傷を負った灯子にとって大きな救いとなる。

もう一つ、この短編で描かれる重要なことの一つが、世界は必ずしも良くなってはいない、ということだ。これはのちの「第六話　渦の祭り」でより詳しく書かれるが、ここでは事態を知らない村人たちの目線でより生々しく、生活に根付いたものとして明かされる。

「第二話　入らずの庭」の舞台は物語が始まる前に遡《さかのぼ》る。学院へ通う裕福な子女、丹百《にお》たちは日々に倦《う》んでいた。退屈な授業、閉塞《へいそく》的な家庭、先行きは暗く未来は重い。限界を試すように危険な遊びに興じる丹百たちがある日手に入れたもの。それに導かれ、地下にあると聞く巨大な居住区へと向かう。

ラストに驚愕《きょうがく》する。火狩りの王の中で、ある意味最も謎めいていた人物、その人を突き動かしていた異様なまでの力、思いの発端がわかるお話。違う選択肢を選んでいたら、丹百と紅美子《くみこ》は再会できていたかもしれない。まるで違う姿、生き方になったとしても、もし会えていたのなら、違う結末があったかもしれない。その後の2人の生き方を、つい考えてしまう。

帳《とばり》に閉ざされ、描かれることのなかった神人たちの物語「第三話　花狩り人」。神族によって作り出された人工の星、千年彗星《せんねんすいせい》とも呼ばれた〈揺《ゆ》るる火《ほ》〉。彼女が何故生み出され、天に昇ることになったのか。手揺姫《たゆらひめ》と常花姫《とこはなひめ》、神族の頂点に立つ姉妹姫が抱える、強大な力を持ちながらも滅んでいく世界を前に何もできないもどかしさ。葛藤《かっとう》、裏切り、欺瞞《ぎまん》、諦念《ていねん》、希望……神族と人は何が違ったのだろう。

火狩りになる前の明楽《あきら》と、木々人《きぎびと》の少女ハルニレが出会い、短い旅をする「第四話　欠ける月」。常に傍観者として描かれていた木々人たちの視点で見る世界は、歪《いびつ》でも美しい。前半の木々人と人間、後半の人間と人間の関係性が呼応するように描かれる。理解すること、共感すること、助け合うことや相手のために力を尽くすことは、同じ種族だからできることなのだろうか？　炯五《けいご》の連れた狩り犬、とどろの献身が切ない。

「第五話　ほのほ」。混乱の中でなんとか立ち上がろうとしている首都、そこに残った火穂や煌四《こうし》はどう生きているのか。思いを残したまましまいなくなってしまった人たちのその後を知ることができる。

個人的に読んでいて楽しかったのは、猫が出てきたこと。犬派なので、本編でさまざまな犬の勇姿（と、もふもふっぷり）が堪能《たんのう》できたのは嬉《うれ》しかったけれど、この世界で猫はどうしているのだろう？　と気になっていた。やっぱり猫は猫らしく、気ままに自由に強《したた》かに生き抜いていた。その姿と、照三《しょうぞう》や煌四を蹴《け》り飛ばしながら凛《りん》と生きていく火穂が重なって見えた。

全六編のうち、時系列的に最も後の話となるのが「渦の祭り」。流れ者の火狩りとして灯子たちを支え、最後まで導いた明楽と思わぬ人物の娘との出会いの話。

世界の王に選ばれたけれど、今まで通りの生き方を選んだ灯子。灯子の代わりに実質的な王となったが、最後に自分らしい生き方に戻った明楽。それぞれが半生を経て再会したとき、どんなことを話すのだろう。もういない人、会えない人、一人一人の顔や声を思い出していくのだろうか。その時、明楽の膝《ひざ》にてまりがそっと寄り添っていてくれたらいいな。

全ての話を繋《つな》ぐのが、人体発火現象というこの物語最大の謎だ。人々の愚かしさの結果、世界がどう壊れていったのか。

今、わたしたちがいる世界はどうだろう。戻りようのない破滅に向かっていないだろうか。人を燃やすのは、火だけではない。憎しみや偏見、嫉妬《しっと》、利己主義、時に強すぎる正義。わたしたち一人一人が持つ滅びの炎のことを考えた。

日向さんはエッセイの中でこう書いている。

「『火狩りの王』では、絶対悪がいない世界を描きたいという思いがありますが、それと同時に〝善〟のみのキャラクタもいないように気をつけました。

主人公たちにもそれぞれ、無意識の差別感情があったり、

周りの人が頭を抱えるだろう短所があったり……。

そういう人たちが、一生懸命に大事な人のことを考えながら

ごちゃごちゃと生きている世界を書きたいと念じながら綴《つづ》りました。」（日向理恵子

〈狩りの日記〉④

わたしたちも灯子たちと同じように、絶対悪も絶対善もいない、誰もが一生懸命に大事な人のことを考えながらごちゃごちゃと生きている世界にいる。この世界の明日《あした》が、闇に閉ざされないように。灯子たちの世界にこれからもっともっと光が灯《とも》るように。ひとりひとりの心の中に、光の王が生まれるように。

そう思いながら、本を閉じた。

本書は、二〇二一年十二月にほるぷ出版より刊行された単行本を加筆修正のうえ、文庫化したものです。

イラスト／山田章博
目次・扉デザイン／原田郁麻

火《ひ》狩《か》りの王《おう》

〈外伝《がいでん》〉野《の》ノ日《ひ》々《び》

日向《ひなた》理《り》恵《え》子《こ》

令和５年　３月25日　初版発行

発行者●山下直久

発行●株式会社KADOKAWA
〒102-8177　東京都千代田区富士見2-13-3
電話　0570-002-301（ナビダイヤル）

角川文庫 23577

印刷所●株式会社暁印刷
製本所●本間製本株式会社

表紙画●和田三造

ISBN 978-4-04-112892-3　C0193

◇◇◇

角川文庫発刊に際して

角川源義

第二次世界大戦の敗北は、軍事力の敗北であった以上に、私たちの若い文化力の敗退であった。私たちの文化が戦争に対して如何に無力であり、単なるあだ花に過ぎなかったかを、私たちは身を以て体験し痛感した。西洋近代文化の摂取にとって、明治以後八十年の歳月は決して短かすぎたとは言えない。にもかかわらず、近代文化の伝統を確立し、自由な批判と柔軟な良識に富む文化層として自らを形成することに私たちは失敗して来た。そしてこれは、各層への文化の普及滲透を任務とする出版人の責任でもあった。

一九四五年以来、私たちは再び振出しに戻り、第一歩から踏み出すことを余儀なくされた。これは大きな不幸ではあるが、反面、これまでの混沌・未熟・歪曲の中にあった我が国の文化に秩序と確たる基礎を齎らすためには絶好の機会でもある。角川書店は、このような祖国の文化的危機にあたり、微力をも顧みず再建の礎石たるべき抱負と決意とをもって出発したが、ここに創立以来の念願を果すべく角川文庫を発刊する。これまで刊行されたあらゆる全集叢書文庫類の長所と短所とを検討し、古今東西の不朽の典籍を、良心的編集のもとに、廉価に、そして書架にふさわしい美本として、多くのひとびとに提供しようとする。しかし私たちは徒らに百科全書的な知識のジレッタントを作ることを目的とせず、あくまで祖国の文化に秩序と再建への道を示し、この文庫を角川書店の栄ある事業として、今後永久に継続発展せしめ、学芸と教養との殿堂として大成せんことを期したい。多くの読書子の愛情ある忠言と支持とによって、この希望と抱負とを完遂せしめられんことを願う。

一九四九年五月三日